संपूर्ण सागर

संपूर्ण सागर

कृष्ण कुणाल झा

ये जन्म नही, हम सब पर धरती का उपकार है।
ये जीवन नही, जगत ज्ञान का आधार है।
सफलता-विफलता तो सिर्फ एक व्यास है।
करते रहना, इसी का नाम सार्थक प्रयास है।

GenNext Publication

संपूर्ण सागर

ISBN: 978-93-8022-291-2

मूल्यः ₹ 360

भारत में सन् 2016 में प्रकाशित
जेननेक्स्ट पब्लिकेशन
5, अंसारी रोड, दरियागंज
नई दिल्ली-110002
फोनः- 9811692060
ई–मेलः– gennext@hotmail.com

मुद्रितः- जी. प्रिंटर्स, दिल्ली

अनुक्रम

प्रभू प्रार्थना

भारत की गरिमा

हमारा समाज एवं सामाजिक समस्याएँ

संबंध

जीवन

बचपन

वक्त, कर्म परिश्रम और कामयाबी

प्रकृति मौसम वसंत व सावन

अन्य कुछ और

प्रेरणा–स्रोत

मेरे पुज्यनीय पितामह्

स्वं. तारा नन्द झा

(अवकाश प्राप्त आदर्श शिक्षक).

(07.09.1946 से 28.08.2008 तक)

एवं

मेरी ममतामयी माता

श्रीमती रीता देवी

के श्री कमल चरणों में सादर समर्पित्

दो शब्द

संपूर्ण सागर-जिस तरह सागर अथाह है जिसकी न कोई ऊँचाई, लम्बाई न चौड़ाई है उसी तरह हमारे जीवन की संभावनाओं की भी कोई सीमा नहीं है। जीवन खुद में संपूर्ण है, जिस तरह सागर में अथाह् रत्न, मोती-जवाहरात तथा न जाने और कितने खनिज समाये हुए हैं। ठीक उसी तरह हमारे जीवन में भी असंख्य संभावनाओं का असीम विकल्प है। जरूरत है तो बस जीवन रूपी सागर में गोते लगाकर ढूँढने कि। यूँ तो जिन्दगी में जीवन भी कभी-कभी नहीं मिलता और खोजने पर जीवन रूपी आत्मा भी आसानी से राह दिखा देता है। हमारे जीवन में अंधकार तब तक रहती है जब तक हम बाहरी दुनिया में भटकते रहते हैं जबकि प्रकाश स्वयं हमारे भीतर विराजती है। असंख्य विकल्प हमारे अंदर ही निहित होते हैं। खोज एक आयाम है जब तक हम खोज में लीन रहेंगे तब तक हमें आश्चर्य की अनुभूति होती रहती है। और अनुभूति आभाष हमें हो जाता है तो संपूर्ण सागर का आभाष हो ही जाता है। क्योंकि बूँद-बूँद करके ही तो सागर का निर्माण हुआ और कह सकते हैं हर बूँद से ही सागर है। सर्वप्रथम मनुष्य को सागर की लालसा जगाना चाहिए यदि वह कदम रख चार बूँद का भी आभाष कर लेता है तो निःसंदेह उसे और उतरने का मन करेगा और उसका मन तब तक प्यासा रहेगा जब तक कि वह 'संपूर्ण सागर' में खुद को पूरी तरह डूबा न ले।

जीवन ही सागर है और सागर से ही जीवन है हम कहाँ तक भागेंगे जहाँ भी जाएँ, जहाँ भी अपनी नज़रों को दौड़ाएं हर जगह सागर सा विशाल दिखाई पड़ता है। यदि सही, खुशी और आनन्द है तो सागर सा यदि गलत दुःख, शौक है तो सागर सा हर स्थिति में सागर ही संपूर्ण जीवन सा दिखाई पड़ता है।

संपूर्ण सागर इन्ही सागर से प्रेरित होकर दो-चार बूँद उधार माँगकर अपना घड़ा भरने की कोशिश की है आशा है इस संपूर्ण सागर में उतरकर आपकी मन को असीम शांति की अनुभूति होगी और जीवन रूपी सागर को पार करने में आपको बेहद मददगार साबित होगा।

धन्यवाद

आमुख

'संपूर्ण सागर'- आभाषों का एक संगम, जिसमें उतरकर सच में लगता है कि यह संगम सागर को संपूर्ण बनाती है। और यह सागर किसी एक संगम से संपूर्ण नहीं हुआ है। इस सागर को संपूर्ण होने के लिए जीवन की हर आयाम को निचोड़ कर धाराप्रवाह ही सागर को 'संपूर्ण सागर' बनाती है।

'संपूर्ण सागर' किसी एक विषय को आधार मानकर नहीं लिखा गया है। पुस्तक कभी प्रभू होने का एहसास कराती है तो कभी देश से जोड़कर देश भक्ति का पाठ व फर्ज बताती है तो कभी समाज में रह समाजिक होने का और उन समाज में कुछ अच्छे या बुरे को 'संपूर्ण सागर' सा बताती है, तो कभी रिश्ते-नाते के जोड़ में बाँधती है, तो कभी जीवन से रू-ब-रू करवा सुख और दुख के पलड़ा को समान बताती है, तो कभी पीछे मुड़ बचपन की तुतलाती-लड़खड़ाती मंद मुस्कान से आगन में खुशियाँ बिखेरती है, तो कभी वक्त को कर्म से और कर्म को कामयाबी तक की सीढ़ी चढ़ना सिखाती है, तो कभी प्रकृति से लगाव और महत्त्व बताती है, तो वसंत की बहार व सावन की फुहार से जन-जीवन को आनंदित करती है और भी बहुत कुछ अवाक शब्दों से आश्चर्य जनक प्रश्न पूछती है?

इस पुस्तक का निर्माण मैंने क्यों किया? ये तो मैं नहीं बता सकता परंतु मैं इतना अवश्य बता सकता हूँ कि यदि मेरे जीवन में कुछ सही या गलत आभास और मेरे जीवन के सागर में एक साथ दो नाव और तेज़ बहाव नहीं आता तो शायद मैं इस पुस्तक का निर्माण कदापि नहीं कर पाता।

हो सकता है मैं अपनी बात रखते वक्त मुझसे कोई भूल या जाने-अजाने वश कोई गलती हुई हो तो मुझे अपना मानकर क्षमा प्रदान करने की कृपा करें।

यदि एक भी व्यक्ति इस सागर में उतरकर खुद को भिंगोता है तो मैं अपनी रचना को संपूर्ण सार्थक मानूगाँ।

धन्यवाद

कृष्ण कुणाल झा

दिल्ली, भारत
05 अप्रैल 2016

प्रभू प्रार्थना

प्रभू-प्रार्थनाः जीवन की हर पराव पर, यदि हम कोई कार्य करते हैं, तो प्रभू को याद अवश्य करते हैं। यह हमारा संस्कार ही नहीं बल्कि पूवर्जों का दिया हुआ प्राचीनतम् विरासत है। कार्य यदि शुभ हो तो हम उन प्रभू का गुण-गाण करते हुए अपना पहला कदम बढ़ाते हैं। ताकि आगे चलकर जिस प्रभू ने हमें यह शुभ कार्य करने की हिम्मत दी है, आगे हमारा मार्गदर्शन, मेरे हौसले में उत्साह का संचार भरेंगे। वाकय हर कार्य उन्हीं से शुरू होता है और उन्हीं पर खत्म। प्रभू सिर्फ वो नहीं जो मंदिरों गिरिजाघरों, गुरुद्वारा, चर्च, मस्जिदों में मिलते हैं। जिनकी हम पूजा करते हैं। प्रभू-खुदा वह भी हैं जिनके कारण प्रेरणा मिलती है, जो हमे सतकर्म करने पर विवश करते हों। किसी का प्रभू उनके अपने माता-पिता होते हैं। तो किसी को उनकी अपनी आत्मा। तो किसी के राम-रहीम, कृष्ण आदि। और किसी के उनके अपने गुरू। जीवन बचपन की मंद मुस्कान की तरह निश्चल, गंगाजल की तरह पवित्र है। तो उसका कार्य भी इन्हीं कि तरह निश्चल, पवित्र होना चाहिए।

सच्चा प्रभू कहीं बाहर नहीं हमारे अंदर ही है, हमारी आत्मा हमारे प्राण जो अति पवित्र, अति मृदुल कोमल दीपक की लॉ की तरह प्रकाशमान हमारे शरीर रूपी कपड़े में लिपटा हुआ है। यदि हम इन गुणों को भाँप पाते हैं। तो हमें कहीं और भटकने की जरूरत नहीं। इन्हीं आत्मा में पूरा ब्रह्माण्ड समाया हुआ है। जीवन की हर शक्ति पूँज इसमें लीन है। खुद भगवान भी। हम जो चाहे कर सकते हैं खुद को पहचानकर। अपने जीवन रश में डूबकर।

प्रभू हमारे अंदर है, कहीं और नहीं। यदि हम खुद को साधक मान किसी कार्य को करते हैं, तो वो कार्य अवश्य पूर्ण होता है। कार्य प्रारंभ से लेकर, पूर्ण होने तक हमें उस प्रभू के साथ साधक बने रहना पड़ेगा। तब हम खुद में पाते हैं की सारी सृष्टि की शक्ति पूँज हममें ही है।

इंसान अपने जीवन को जितना पवित्र रखेगा प्रभू कि छाया उस पर उतनी ही रहेगी। हम खुद को प्रेरित करते हैं अच्छाई के लिए, वो प्रेरणा आत्मा से आती है,

आत्मा हमें मजबूर करती है अच्छाई के लिए। यदि हम खुद को प्रेरित करते हैं किसी बुरी चीज के लिए तो वह कहती मत कर, लेकिन हम अपने स्वार्थ बस उसे नजर अंदाज कर, वो कार्य करते हैं। आत्मा का किसी के कर्म पर अधिकार नहीं वो जैसा करेगा वैसा पाएंगा। आत्मा कोई अनजाने में गलती हो भी जाती है तो प्रायश्चित करते समय एक बार अपनी आत्मा से माफी मांगकर देखो। बहुत अच्छा लगेगा।

प्रभू आत्मा है, और आत्मा रूपी प्रभू हर किसी के साथ है। एक बार खुद को कुछ कहकर देखो खुद में प्रार्थना करो। कहो की 'मेरी भलाई के देवता मुझे सदबुद्धि दे' ताकि मैं भी अपनी सृजन कर सकूँ जग के हित में मैं भी अपना योगदान दे सकूँ, खुद से ज्यादा दूसरे के लिए जिऊँ-मरू। ऐसा तेज दे मुझमें की जो सूर्य को ढ़क दे, मुझसे समस्त संसार प्रकाशमान हो।

प्रभू हर कण-कण में है क्योंकि हम में प्रभू है, हम जिस को देखते हैं, उसपर हमारी सृष्टि है। आँखों कि किरण जिस चीज पर पड़ती है वो हर कण में हमे प्रभू दिखाई देने लगता है।

प्रभू की प्रार्थना जीवन संचार में उत्थान है। यदि वो पीछे भी करते हैं, तो मार्गदर्शन के लिए, दूसरी राह पर लाने के लिए। इसलिए हर कार्य से पहले अपने प्रभू का अस्मरण आवश्यक है। चलो अपनी आत्मा की पुकार सुन मंजिल कि ओर बढ़ें।

1

सरस्वती-वंदना

हे माता शारदे कर मुझे विद्या प्रदान।
हूँ मै बालक आखिर तुम्हारी ही संतान
श्वेत वस्त्र, आचरण श्वेत कर कृपा
पद्मासण कमल विराजती आसन्
अब मुर्ख नही, माता अब तो मुझे कुछ सिखा
कर देकर विद्ववत् विद्वान
हे माता शारदे कर विद्या प्रदान।।

जन्म हुआ अधिकार समर्थ बना
ज्ञान चक्षु खोल अपना जग सचर दिखा
गर्जना भर सकू इस विद्ववत् संसार में
गुहार माता-आहुत तेरे आगे मेरा जीवन सींचा
उज्ज्वल, प्रज्जवलित आँगन ज्ञान से
माता भर दें जीवन पूरा अपने ध्यान से,
कर माता मुझ पर इतना उपकार प्रदान्
हे माता शारदे कर मुझे विद्या प्रदान्

हर असंभव, संभव कर दिखाऊँ इस अचर में
देना शक्ति वाजू कलम मे,
हर सकू हर विपदा अपने बुद्धि बल से
हो चाहे इस दुनिया मे जितना

व्रत माता तेरे लिए, कुर्बाण भू-पे
हस्त पस्त नही माता सीखा कलम जीतना

आखिर मैं करू किससे बिनती विद्या गुहार
हूँ मै बालक आखिर तुम्हारी ही संतान
हे माता शारदे कर मुझे विद्या प्रदान

❋❋❋

2

सरस्वती स्तुति

हे! माता देवी सरस्वती
करता हूँ कल जोड़ आपकी विनती
ज्ञान प्रकाश फैला मुझमें भी
कर सकु जिससे आपकी सुंदर स्तुती

हूँ अज्ञानी मैं, पापी दुराचारी
पर हूँ बालक आपका ही माता जननी

आप ही तीनो लोक की ज्ञान दात्री
करता हूँ आपसे ज्ञान की अर्जी
कर दे मनोरथ इस तुच्छ का भी पूरा
करता हूँ दिन रात सिर्फ आपका ही भक्ति

हे माता देवी शारदे
ये खाली झोली कृपा कर भर दे
हूँ मैं कब से अंधेरे में जी रहा
इस जीवन में आकर सुबह कर दे

जिससे मैं भी भड़ सकूं ज्ञान
कर सकूं विस्तार कण-कण में प्रचार
कर सकूं अपने शुभ अस्तित्व विचार
हे माता वीणा पानी
कर दे मुझ पर इतनी कृपा

❀❀❀

3

ऐ खुदा कर दे रहमत इतना

ऐ खुदा कर दे रहमत इतना
हर नेक ख्वाईश पूरा करना।।
चलू तो हो मुझसे जग उजाला
देना मुझको शक्ति इतना

हर आँगन में बिखेर सकूँ रश्मि
देना मुझको इतनी शक्ति।।
ऐ खुदा बस इतना रहमत कर दे
बोलू तो लवों से सुधा बरसे।।

हर कर सकूँ जिन्दगी से हर अंधेरा सबका
बन जाऊँ मैं मसीहा सबका।।
मैं भी किसी के काम आ सकूँ
कर मुझ पर इतना उपकार प्रभु
जिन्दगी दिया तो सार्थक बना सकूँ।।

कर के कहीं पर प्रभु दया
बन जाऊँ प्रभु प्यारा।
ज्ञान चक्षु प्रभु मेरा खोल
जीवन को जान सकूँ दे ऐसा मोल।।

ऐ खुदा इतना रहमत करना
अपने पैर कि धूल में मुझे पनाह देना।।

4

ऐ जिन्दगी मुझे बता

ऐ जिन्दगी मुझे ये बता
हुई क्या मुझसे खता?
क्यों दे रही मुझे ऐसी सजा
होगी कोई न कोई वजह?
दूसरों की राहों से काँटा हटाया
बेगाना भूल सबको अपना बनाया
दूसरों को खुशी देकर खुद गम में जिया
दूसरों को अमृत देकर
खुद विष को पीकर जिया

ऐ जिन्दगी मुझे ये बता, हुई क्या मुझसे खता
फिर क्यों दे रही मुझे ऐसी सजा, हुई क्या मुझसे खता

सज्जनता की पथ पर चलता गया यह सोच कर
जानेंगे सब मिलती है खुशी अपनो के संग रहकर
ओझल हो गया यह भ्रम भी मेरा
जब से देखा आपस में बदले का घेरा

जितना चाहा इस बुराई को जीतना प्यार की साज से
मन बैठ गया उस दिन जब देखा अपनो को भी प्रतिशोध की आग में
लेकिन ए मेरे दोस्त जो भी देता बुराई का संग
एड़ी रगड़-रगड़ कर जाता है मर।।

❀❀❀

5

उस खुदा से क्या कहे

उस खुदा से क्या कहे
जिसकी रहमत हम पे हो
छोड़ दिया घर तुम्हारा
चल दिया कहीं और आगे

उस खुदा से क्या कहे
जिसकी रहमत हम पे हो

था हर तरफ काँटे या फुल
आज है फूलों की सौगात
जिन्दगी थी हर लम्हों से अवगत
छोड़, चल दिया उस पथ पर अब

हौसला है हिम्मत है ताकि बदल सकू मै कल
बीते लम्हा कह रहा, दूर है जाना अब
हर फलसफा सौदागर है

हर एक शब्द उसका, मेरा बल
अर्थहीन नही, अर्थ पूर्ण में मार्ग है मंजिल तक
कह रहा तुम्हे और भी आगे है चलना-अब

उस शाम का क्या काम, जो जकड़ रखा है मुझे
उस खुदा से क्या कहे जिसकी रहमत हम पे हो
कर्म निष्ट, कर्मवीर, कर्मयोगी, और कर्मवान

बनाता मनुष्य को यही कामयाब
जिस पथ हो कर्म प्रभात
वो पहुँचता मंजिल सबसे पहले सदा
वही बनता आगे चलकर 'महान'।

❁❁❁

6

ऐ खुदा मेरी जिन्दगी बक्स दे

ऐ खुदा तू मेरी जिन्दगी बक्स दे।
बस एक दिन और मेरी जिन्दगी में जोड़ दे
कर लू साकार अपने सपनों को,
चाहे फिर तू मेरी जान ले-ले।
ऐ खुदा तु मेरी जिन्दगी बक्स दे

जो भी पनप रहा सपना इन आँखों में
साकार कर सकूं अपनी इस जीवन में

एक बार राहों के काँटो को चुमकर सफलता की मंजिल छू लू
राहों के पत्थर को पौदान समझ सफलता की सीढ़ी चढ़ लूं

सपनों को हकीकत से रू-बरू करा लूं
फिर चाहे मेरी जान ले-ले

ऐ खुदा तू मेरी जिन्दगी बक्स दे।
बस एक दिन और मेरे जिन्दगी मे जोड़ दे

मैं भी अपनी शक्तियों को जाग्रित करूं
जिससे मैं बड़े से बड़े काम कर सकूं

लाख भला, बुरा सही, मैं अपना जीवन जग के लिए जीऊं
जो भी करूं अपने देश के हित के लिए करूं

ए खुदा मेरी जिन्दगी बक्स दे
बस एक दिन और मेरी जिन्दगी मे जोड़ दे

❀❀❀

7

हे! प्रभू कर इतनी कृपा

हे! प्रभू कर इतनी कृपा
मानव का बन जाऊँ आश्रा।।

सज्जन राह चल सकूँ
ऊँची उड़ान भर सकूँ ।।

रखना लगाम मुझ पर कसना
ताकि उड़ न जाऊँ इतना ऊँचा
कि पहचान न सकूँ किसी और को
लगा न सकू गले अपनो को ।।

सार्थक सँग साकार बना
शुलभ संग शुशील बना।।

भले हारना सिखा दें हजार बार
परन्तु सिखा संग जीतना भी एक बार।।

शिकवा न करू किसी से
और करू न शिकायत
ताकि हो न जाऊँ दूर अपनों से
यूँ करके बगावत।।

हे प्रभु बस दे इतना वरदान
यदि दे न सकू किसी को सुख तो
दुःख भी न करू किसी को प्रदान ।।

सुबह सूरज के साथ सबको जगाऊँ
हो सके साथ पथ पर सबको चलाऊँ।।

कहूँ! सामने मंजिल संधान करों
मन में अंघेरा कहीं तो दूर करो ।।

बिखेर सकूँ हर आगँन मे रोशनी अनहद
करना प्रभु मुझ पर इतनी रहमत

❁❁❁

भारत की गरिमा

हमारा भारत देश आज का नहीं है, अपितु हजारों साल पहले से चलता आ रहा है। भारत न जाने कितना गौरव प्राप्त कर लिया है। सबसे प्राचीनतम् संस्कृति मोहन जोदड़ो तथा हड़प्पा की थी। आर्य संस्कृति के रूप में सभ्य जाती के लोग थे। आर्यों के नाम पर ही हमारा देश का नाम आर्यावर्त पड़ा था। प्राचीन काल में महान प्रतापी राजा दुष्यंत हुए। उनके विवाह संकुतला के साथ हुआ। फिर उनका एक शक्तिशाली पुत्र जन्मा जिसका नाम भरत था उन्हीं युवराज के नाम पर हमारा भारत देश का नाम 'भारत' पड़ा। फिर उसके बाद सारे संस्कृति, सभ्यता यहाँ आकर अपना जीवन बसर किया।

आज से कई सैकड़ों वर्ष पूर्व भारत का अधिपत्व मानता था उसके बाद यहाँ सम्राटों का आना-जाना लगा रहा। हर तरफ उनका गुंज रहा, बोल-बाला रहा।

मैं अपने देश के गरिमा का उल्लेख कर रहा हूँ, जिनसे हमारा गौरव है, वैसे तो भारत को शब्द में समेट पाना नांमुमकिन है फिर भी 'सागर' नहीं तो उन सागर की बूँद को ही लिखने की कोशिश की है।

हमारा भारत गौवरशाली भारत के रूप में व्याप्त है। भारत को माता तुल्य माना गया है। इसका क्षेत्रफल 32 लाख 68 हजार 90 वर्ग किलोमीटर फैला भारत की विस्तृत बाँहे हैं। भारत विश्व के सातवें स्थान पर क्षेत्रफल एवं जनसंख्या के अनुसार है। यहाँ पर हर धर्म-जाति के लोग रहते हैं। भारत में आज तक सवा दो सौ करोड़ लोगों की एकता है। जिसमें लगभग 60 प्रतिशत युवा हैं, जो देश को अग्रसर होने का सबसे बड़ा कारण है। आज भारत हर क्षेत्र में अग्रनी प्राप्त किया हुआ है। विज्ञान तकनिक के क्षेत्र में भारत पहली बार में ही मंगल तक फतह कर चुका है।

भारत न सिर्फ एक देश है अपितु धर्म-आस्था शांति के पूरे विश्व में सूचक संकेतक है। जहाँ हिन्दी से हम और हम से हिन्दुस्तान है। हिन्दी हमारी राष्ट्रभाषा, राष्ट्रचिन्ह् अशोक स्तम्भ के सिंह है। जहां तीन रंग तिरंगा हमारा राष्ट्र ध्वज है। जनगण-मन हमारा राष्ट्रीय गान, तथा बन्दे मातरम् हमारा राष्ट्रीय गीत है। जहां मोर

राष्ट्रीय पक्षी तथा बाघ राष्ट्रीय पशु है और तुला राष्ट्रपति का चिन्ह्। जहाँ जलेबी राष्ट्रीय मिठाई के रूप में मिठास बाँटता हो। राष्ट्रीय फूल के रूप में कमल सुंगध फैलाता हो, उदाहरण प्रस्तुत करता हो कि कीचर के रूप में बुराई के साथ भी है और भिन्न भी। भारत ऐसा पहला देश है जिसके पाँच नाम है भारत, इंडिया, हिन्दुस्तान, आर्यावर्त, और रॉवट। भारत में कुल 28 राज्य और 7 क्रेन्द्रशासित प्रदेश हैं। और एक राज्य ऐसा है जिनके हर अंग्रेजी अक्षर से भारत का नाम जुड़ा हुआ है और उस राज्य का नाम है बिहार कैसे देखते है "BIHAR"...

B–BHARAT, I–INDIA, H–HINDUSTAN, A–AARYAWART, R–RAWLT.

भारत के मुकुट के रूप में शोभामान हिमालय, चरण परवारती-गंगा, यमुना, कृष्णा, गोदावरी, ब्रह्मपुत्र और कई नदियाँ, वनों के रूप लिपटी माता के अंग में श्वेत, हरित वस्त्र साड़ी।

भारत पहला ऐसा देश है जहाँ छः ऋतुएँ है जहां वसंत से प्रारम्भ होकर ग्रीष्म, वर्षा और शीत शरद, हेंमत से होते हुए शिशिर पर समाप्त होती है। इसलिए कवि मैथलिशरण गुप्त ने कहा है

''पढ़ ऋतुओं कि विविध, दृश्य युत अदभूत क्रम हैं
हरियाली का फर्श नहीं मक्खन से कम है।
शुचि सुधा संचिता रात में, तुझ पर चन्द्र प्रकाश है,
हे मातृभूमि, दिन में तारणि, करता ताम का नाश है।

विश्व का पहला देश भारत है जहां संतुलित जलवायु है, न ज्यादा, गर्मी न वर्षा और न ही सर्द हर ऋतु संतुलित ढंग से आता और जाता है।

हमारा भारत देश कृषि प्रधान देश है। यहाँ 70 से 75 प्रतिशत लोग कृषि करते है। किसान है। हमारी भूमि उपजाऊँ है। यहां इस समय कपास, सन, चावल, तिलहन, मसाले को भारी मात्रा में उपजाया जाता है साथ ही साथ ऊन, सिलाई मशीन, साईकल कपड़ा सूई, सोना, चांदी, तांबा और कांच की वस्तुएँ, रेशम दवाईयाँ निर्यात होते हैं।

हमारे देश की आत्मा गाँवों में बसती है। जहाँ की धूल चन्दन समान है, और हवा सीधे भगवान को छूती हुई सीधी सन-सन बह रही हो, फसल की शीश हरियाली लह-लह हवा के साथ जैसे बात करती हो।

जहाँ महाभारत, रामायण जैसा काव्य ग्रंथ हो, जहा खुद भगवान बुद्ध महर्षि दधिची आज संपूर्ण मानवजाति के लिए आदरणीय, पुज्नीय है। और न जाने कितने आदरणीय पुरुष महापुरुष अवतरित लिए हो उस देश का शीश खुद गर्व से उपर उठ जाता है। जहाँ स्वतंत्रता सेनानी में सरदार भगत सिंह सुखदेव, राजगुरु चन्द्रशेखर आजाद जैसे क्रांतिकारी पैदा हुआ हो। उस देश की सीना चौड़ा होना लाजमी है। और आज भी मातृभूमि की रक्षा करने के लिए अपनी जान न्योछावर करने के लिए हमारे जवान सदैव तत्पर रहते है, भला उस देश की तरफ आँख उठाकर देखने का भी दुस्साहस कौन करेगा।

भारत एक सुन्दर देवी के रूप में निर्मित, को मेरा सत्-सत् नमन व कोटि-कोटी प्रणाम।

इसी विषय पर कुछ कविता का निर्माण किया गया है चलो देखते, पढ़ते और गर्व करते है।

8

ग्राम भारत चन्दन सम् घूल

ग्राम भारत चन्दन सम् घूल ।
एक अचरज, लिपटी आंगन मे घूल
खिला है कली से, उभरा है फूल
पोखर तालाब लहर से मतंग
पेड़ पौधा, सावन पतझड़ रहा झूल
लता हरा, हरा भेश ग्राम संग
ग्राम भारत चन्दन सम् घूल।।

खेत है लहराता, घर झुका
माटी पावन ललाट से लगा
उगलते खेत सोना चाँदी मोती
कुछ गाथा इस घुल को सुना
हुआ सुबह संग गिरहस्त चला
आँगन पसरा चाँद-चाँदनी भला
वृथा भारत मत कुबूल
ग्राम भारत चन्दन सम् धूल
भारत बसता ग्राम हृदय रूप
हृदय विशाल शरीर विकराल परंतु मृदुल स्वरूप
जत्र पावन तिथि हर दिवस नया
हवा संग चल आते जहाँ प्रभु
ग्राम घरती जहाँ करती खुद बयां

जहाँ माटी रेत संग मिले सुकून
ग्राम भारत चन्दन सम् घूल ।।

❀❀❀

9

गौरवशाली भारत

ये लहराता तिरंगा या भारत का घर ।
क्या देखा है तुने मानचित्र पर ?
वो शेष भारत कदापि नही
जाकर देखो भीतर, है कितना गौरवशाली ।।

स्तब्ध मूर्ति भी करता है जिनका गुनगान
सत्त्त् उतारता है देखो आरती लेकर आह्रान
दर्श गया, दर्शा गया।

बाहुबल का बल दिखा गया
सोया भाग्य है कैसे मिलता है
इस हिन्दुस्तान में महाभारत करवा गया।।

जहाँ महाभारत रामायण का है वो अटल वाणी
गंगा यमुना धारा कल-कल बहती
चारों दिशाएँ खल-खल हँसती
देखो भारत का शस्त्र बढ़ाती
जाकर देखो भीतर है कितना गौरवशाली

नग्न चमन पर भी देखो उगलता सोना-चाँदी ।
लह-लह शीशे, सुर्योदय का हो वो वादी
गरज-गरज हुँकार भड़े जो
फिर भी माता विहारती रूप सादगी
जाकर देखो भीतर है कितना गौरवशाली।।

10

उस भारत को हम करें प्रणाम

उस भारत को हम करे प्रणाम
जिनकी गोद करता हिमालय विश्राम।।

गंगा जमुना सरस्वती धारा बहती कलकल
यही भारत-भारती माता अब्बल ।।

चिन्हू अशोक फहराता हरा श्वेत और केसरिया तिरंगा।।
बोली, जाति, भेष सप्तरंगा
फिर भी देश है एक, एकता ।।

राष्ट्र गान है राष्ट्रगीत
पहनी साड़ी खड़ी श्वेत।।

निरंतर गुंजता स्वाभिमान का बिगुल
जय बोल भारत माता की-शागुन ।।

जाति महजब नाम अनेक
फिर भी देश हमारा एक ।।

जहाँ है मुख्यत : मौसम चार
सर्दी, वसंत गर्मी व वर्षात्।।

जहाँ सुबह सवेरे पक्षी चहकता जगाता
सर्वप्रथम कार्य मातृपितृ प्रणाम मान बढ़ाता
ऐसा देश में जन्म है हमारा।।

कटक से कटक तक फैलाई बाँह
देती दुश्मन को भी पनाह ।।

जहाँ गीता, कुरान, बाईबिल जैसा ग्रथं
महाभारत, रामायण जैसा युद्ध पंत
काशी विश्वनाथ, देवघर और बासुकि नाथ
जैसे अद्वितीय तीर्थ स्थल और कई स्थान
हो जिस देश का कुछ खास पहचान-

जिस देश का बाद्य गर्जता हो
मोर भी कर्तब दिखाता हो
जलेबी की रस मन ललचाता हो
और आम फलों का राजा स्वाद बढ़ाता हो

हिन्दी होकर हिंदुस्तान की गौरव बढ़ाता
वह देश हमारा भारत माता।।

हिमालय पर सतृत लहराता तिंरगा
देश का नाम उठाता ऊँचा ।।

करते है हम उस मातृभुमि को प्रणाम
आपसे ही है मेरा कायम कीर्तिमान
भारत-माता तुझे-कोटि-कोटि प्रणाम।।

जहाँ उगलती अन्नपूर्णा खेत व खलिहान
है जहाँ जिस देश मे कृषि प्रधान
उस देश को करते हैं दिल से सम्मान ।।

जहाँ आती हो मिट्टी से खुशबू
पावन धरती देश की आरजू।।

जिस देश कि पावन धरती पर
अवतार लिए स्वंय भगवान
भला उस भूमि को कौन न करेगा प्रणाम
उस भूमि को नकमस्तक प्रणाम

❁❁❁

11

गर्व करो ऐ भारतवासी

गर्व करो ऐ भारतवासी, भारत की आन हैं हम।
जहाँ बुद्ध, बापू, चाचा जन्म लिए, उस देश की शान है हम
जहाँ सत्य अहिंसा का पाठ पढ़ाया, उस देश की भाग है हम
गर्व करो ऐ भारतवासी, उस भारत की शान है हम।

जहाँ से उठा आवाज स्वतंत्र की, उस देश की पहचान है हम।
हिन्द स्वराज की पट कथा अमृत वाण है हम।
महाग्रंथ, महाकाव्य, उस ग्रंथ की आवाज है हम
गर्व करो ऐ भारतवासी, उस भारत की शान है हम।

जहाँ पवित्रता की धार है, उस गंगा कि पवित्रता है हम।
जहाँ गंगा, यमुना सरस्वती, की पवित्र मिलन है हम।
जहाँ शारदे, दुर्गा, गणपति की प्रतिमा, उस मुर्तित की शान्त है हम।
गर्व करो ऐ भारतवासी उस भारत की शान है हम।

जहाँ हिमालय की है चोटी, उस चोटी की मस्तिष्क है, हम।
जहाँ पावन धरती पर त्योहार है, उस त्योहार की खुशी है हम।
जहाँ हिन्दु मुस्लिम हैं, उस हिन्दु मुस्लिम की एकता है हम।
गर्व करो ऐ भारतवासी, भारत की शान है हम।

जिस धरती पर राम, कृष्णा अवतार लिए, उस मिट्टी का स्वरूप है हम।
जहाँ कृष्णा गीता उपदेश दिए, उस पवन की स्पर्श है हम।

जिस नयन से कृष्ण ने अर्जुन को दिखाया, उस रूप की दिव्य दृष्टि हैं हम।
गर्व करो ऐ भारतवासी, उस भारत के भाग हैं हम
गर्व करो ऐ भारतवासी, उस भारत की आन, बान और शान है हम।

❀❀❀

12

इस देश की मिट्टी की खुशबू

इस देश की मिट्टी की खुशबू मुझसे कुछ कहती है
इस देश की चलने वाली हवा भी मेरे साँसो में बसती है
इस देश की हर-एक मौसम मुझसे होकर गुजरती है
इस देश का हर-एक सजीव प्राणी मुझे पहचानती है
इस देश का नदियों की मिलन का निर्मल जल
मेरे आँखो से होकर बहती है
इस देश की हर एक यादें मुझ में बसती हैं

कहती हैं इनी बागों कि कलियां, देखना तू मेरा खिलना
वह कह गया डुबता सूरज की लालीमा, देखना तू मेरा उगाना
चलूंगा कैसे धीरे-धीरे, देखना तू मेरा बढ़ना
इस देश की नन्ही दुनिया का है कहना
देखना तू मेरा बढ़ना
आशा कि दीपक सदैव मेरे मन जलती है
आशा भरी सपना इन आँखों में पलती है
ये ऊँचाई भरी सपना मुझसे कुछ कहती है
इस देश की मिट्टी की खुशबू मुझसे कुछ कहती है

13

भारत की गरीमा

है भारत की देह एक सुन्दर देवी के रूप मे निर्माण
हिमालय की बर्फ से ढ़की पहाड़ियाँ बढ़ाती इनकी शान
अटक से कटक तक फैली विस्तृत वाहें करती इनकी गुणगान
गंगा-जमुना नदी से निकलते जल से करते हम रसपान

है भारत एक विविधताओं का जादू भरा पिटारा
है कहीं हरियाली तो है कहीं पतझड़ की आशा
है यहाँ वंसत तो है कही रेगिस्तानी निराशा
है यहाँ शीतल हवाएँ तो कड़कड़ाती लू कि भी आशा

कहते हैं भारत हैं एक सोने सी चिड़िया
रहते हैं सबसे भाईचारों की कड़ियाँ
सबसे हैं यहाँ रिश्तों के बेड़ियाँ
रहते हैं हम सब मिलकर यहाँ

भारत विश्व को दिया संदेश
रखना धर्म, अंहिसा और सत्य को सहेज
चाहिए शांन्ति तो करो प्रवेश
भारत है घर्मतः श्वेत

❊❊❊

14

देश के हित में

तू काम कर ऐसा रे बन्दे।
दुनिया चूमे तेरी कदमें।
करना तू ऐसा काम जिसमें हो देश की भलाई।
तू काम ऐसा करना रे भाई ।

देश के हित में करना तू काम।
देश का बढ़ाना तू नाम ।
जो दिलाए तूम्हे कर्मो का नाम।
वही कहलाते देशभक्ति का काम।

सर पर कफन बाँधकर चलना तू।
सामने आएँ शत्रू उसे सबक सिखाना तू।
कहाना नही तू कायर कभी।
मरने से कभी ड़रना नही, इससे अच्छा मरना सही।

जो भी देता है देश के लिए जान।
उसका नाम़ करता हमेशा अमृत्व प्रदान।
देश के हित में सदैव तत्पर रहना तू।
ऐसा काम करना तू।

❀❀❀

15

देश की शहादत में

एक सपना देखा था बचपन में
मरना है अपने देश की शहादत में
दे सकूं जान चाहे कुछ कर सकूं
देना इतना हौसला मेरे जज्बातों में
चाहे मैं हारू, चाहे मैं जीतू
चाहे मैं रहू न इस घरती पर
करना कृपा मुझ पर इतना प्रभु
हर साँस मे घोलना वतन की खुशबू

हर बलिदान हो मेरा मातृभक्ति में
चलूं हमेशा बाँध कफन सर से
हो चाहे जो भी मुझसे कार्य
आएँ राष्ट्र के हित मे

क्या दूँ मैं तुझको मातृमाता
क्या गाऊँ मैं तुम्हारी मंगल गाथा
हर हार में तुम-हर जीत में तुम
तुम्हें कोई देकर भी क्या दे सकता

हर खून का कतरा तुमसे है तुम्हारे नाम
हर प्राण तुम पर कुर्बान
तुम्ही तो हो इस चराचर का आयाम
तुझे हर दृष्टि से कोटि-कोटि प्रणाम
तुझे कोटि-कोटि प्रणाम

❀❀❀

16

धरती का उपकार

जन्म हुआ इस धरती पर
धरती का उपकार करें
क्षण मिला तुझे पाकर वर
हर पल पूरा सदुपयोग करें।।

मनुष्य का जन्म ही बड़ा उपलब्धि
यू नष्ट न कर वक्त व अवधि
नीराश हताश होना लाजमि
पर है नही तेरे सामने पड़ी उम्र लंबी।।

कर जो करना चाहता है
कह जो कहना चाहता है
समय अति अमुल्य है
पल-पल तेरे लिए सार्थकता का परिचय है।।

आया क्यो है धरती पर
लेकर मनुष्य अवतार
शुक्र मना कि सोचने के लिए मिला दिमाग
कर उपयोग पूर्ण अपने क्षेत्र में
दिखा दे सबको मुझमे है बल-बुद्धि अपार
नही हुआ जन्म इस धरती पर बेकार ।।

कर हमेशा काम रे बन्दा ऐसा
युग-युग रहें नाम तेरा सदा।।

17

मेरा गुमान

आज मिला मैं अपनों से
जैसे मैं लगा फल वृक्षों से,
सुखद पानी वर्षता,न पतझड़ का डर
छांव धूप से बचाता,
हूँ मै आज निर्भय संग, जड़

वृक्ष बरगद नीचे मै,
मेरे नीचे छोटे-छोटे पौधा
हूँ कितना भाग्यवान मै
मिला है मुझे मीठे फल का औदा
आंधी तुफा संग लहराता
मस्त पवन संग रिमझिम गाता
आफत मे लड़ने का हिम्मत
एक साथ हम है जुट, लड़ता

सुबह मुझ पर विराजती पक्षी
शाम घोंसला अपना घर आ लौटती
कोयल मधुर राग सुनाती
मै हूँ कितना शौभाग्यशाली
मुझे खाकर अपना भूख मिटाती
निर्जल बहती झरणों से अपना,
सुखी आत्मा को प्यास बुझाती

आज हुआ गुमान खुद पर
परिदें संग मनुज भी है मेरे संग
मुझे तोड़कर भूख मिटाता,
हूँ मैं भी किसी का आत्म तृप्ति करता
इससे बड़ा गौरव की बात और होगा क्या
मै भी किसी जीवन को सृजन हूँ करता

यूँ ही फलता रहूँ नित्य दिन
यही है खुदा से मेरी प्रार्थना
आता रहूँ इसी तरह किसी का काम
करता हूँ खुदा से बस इतना प्रार्थना।।

कृष्णा कुणाल झा

18

स्वच्छ भारत, समृद्ध भारत

जन स्वच्छ, जीवन स्वच्छ
रहेगा अब हमारा,
संपूर्ण भारत स्वच्छ
एक पहल है पहले हमें करना
गंदगी मुक्त भारत को है बनाना

राज्य धर्म या राष्ट्र धर्म
मान कर है इसे पालन करना
गाँव हो या शहर
खेत हो या घर
हर जगह को है अब स्वच्छ रखना
कर्म प्रथम मेरा हमारा

स्वच्छ भारत, समृद्ध भारत
का है सतत नारा फैलाना
ये जन सहायता से हो सकता है पूर्ण
भागीदारी सबका है महत्वपूर्ण
धर्म यही कर्म यही

पुण्य है सबसे बड़ा यही
राष्ट्रहित सोचे, राष्ट्रहित कदम बढ़ाएँ

स्वच्छ है भारत सब कहें
स्वच्छता में भारत का हर देश ऋणी बनें
यही हमारा सदैव प्रथम मकसद रहे।

19

गणतंत्र समाज, स्वतंत्र देश

गणतंत्र समाज, स्वतंत्र देश
सजग बुद्धि बल व भेश
हो मानव जन प्रति मित्रता सहबद्धता
हो कभी न आपस द्वेश मतभेद।

राष्ट्रगीत च राष्ट्रगान रचित
ठाकुर कर गएं सशक्त प्रचलित
आभाष सुगंध पुष्प गुलाब
सुन्दर नित्य राष्ट्र मोर नाचति

शेर दहाड़ देश माटी पर
स्वर्ग अवस्थित कश्मीर धरती पर
टेढ़ी जलेबी रश सुस्वाद
साल मौसम आम का एक बार।

मिलती गंगा धारा एक जहाँ पर
कनक पानी अमृत देह वहाँ पर
हैं वह देश हमारा भारत अजड़
दीप जलती निंरतर वीरों की शहादत।

हिन्दी हम हिन्दी हमारी भाषा
प्रतिदिन निकलता सुरज बनाकर आशा
चाँद बिखेरता, खुशियों की चाँदनी हर आँगन
उन भारत को हम करते हैं कोटि-कोटि नमन

❀❀❀

20

इस धरती अंबर पर कितना गुमान

जीवण यापण महीमरण प्राण
समस्त बुद्धि 'जनन' ज्ञान घ्यान
सह सहचर गोचन नवनीत पुराण

सिंह शेर सा मुख धरा पर
हिम-हिमालय वीर खड़ा धर
लता-वृक्ष शेष गड़ा जड़
यही है माता जननी पृथ्वी धरा धर

कर नकमस्तक इस सहचर को प्रणाम
इस धरती अंबर पर कितना गुमान

राह जटिल सुगम यही
दूर अंधेर तो उजाला भी यही
गत बीत गया कुछ, है आना अभी बाकी
जीवन ज्योति नमन चक्षु से
देख संसार मे लोग भांति-भांति

है तु किस श्रेणी मे कर विचार ।
इस धरती अंबर पर कितना गुमान।
सम्मुख देख जीवण की सींस में जींच
दुनिया अचरज गीत चलता बीचों-बीच
साधारण ये बाते नही,
तू है इसका हिस्सा बना कहीं ऊपर या नीचे

या कर रहा छिप गुफा तू कही विश्राम
इस धरती अंबर पर कितना गुमान

कही एक राह तो, कही राहो का झुंड़।
ऐ मनुज है तू कहाँ खड़ा क्या है तेरा मुड़
एक असमंजस, है न जाने कितना
इस परिस्थिति मे चाहता है जग जीतना

छोड़ विकल्प, भटक जाएगा
एक सीधी रेखा भी न पार कर सकेगा
ले संकल्प खुद से चल उस पथ पर
देख फिर हर मंजिल तेरा कदम चुमेगा।

देख करके मिलता है तुम्हें कितना सम्मान
इस धरती अंबर पर कितना गुमान

❀❀❀

21

हे! मेरे देश के वीर सैनिक

हे! मेरे देश के वीर सैनिक
तुझे कोटि-कोटि सलाम
तुने देश के लिए जिया मरा
तुझे नकमस्तक प्रणाम

अर्थ सार्थक किया अपना जीवन देकर प्राण
करके सर कलम रक्षा मातृभूमि के लिए
बलिदान दे किया नाम अमर
नायक हो तुम सचमुच इस देश के लिए

सौभाग्य तुम्हारा, गौरव गाथा तुम
देकर प्राण देश की शहादत में
सच तुम से गौरव इस देश का
कोई खुदा था, इंसान के भेष में

तेरे लिए नहीं अर्ज मेरे जुबा पर
देश का पुत्र, फर्ज ओढ़कर अदा कर
चल दिया, सलाम, ओढ़ कफन तिरंगा
हिमालय की रक्षा, संग गंगा।

है अल्फाज नहीं, कहूं अब क्या
देश को दे अमृत, खुद जहर पिया
हो इस युग के महादेव तुम
कुछ और नहीं, हो तुम ईश्वर रूप

रक्षा के लिए अवतरित था लिया
सुरक्षा देख चहु ओर देश को
भीष्म की तरह जख्म खा चल दिया
संग सिखा गया, क्या है जीना

❁❁❁

22

खुशनुमा पल यही

खुशनुमा मेरा पल यही, जन्मा भारत मे पला।
इस सुरज चाँद को देख, मेरा दिन बीता ढ़ला।
एक अचरज सी 'काँध' उठता है मेरे मन में
किया क्या इस कर्तव्य भूमि के लिए अब तक भला।

एक पल ठहर इस, रेगिस्तान मिट्टी को लगाकर गले।
है क्या अहमियत ? दबाये रखा सिर्फ तलवे तले।
ज्ञान चक्षु खुला जहाँ पर आहट ध्यान दुःख व सुःख
एक गिला दल-दल फँसा जहाँ, मिला वहीं कहीं सुख।

जीना सीखा जहाँ अपने ममता मातृभुमि संग
सिर्फ दिखा भारत में मुझे पट्टी तिरंगा रंग
लपट मरना भी चाहता हूँ यही पर,
हो लिपटा तिरंग का कफन मेरा घर

गरिमा इस देश से, हो नाम मेरा
करू कुछ ऐसा काम, गर्व करे मुझपर पूरा धरा
रंग हट जाएँ मेरे जीवन से भले सारा
मगर हो न कभी सफेद, हरा केसरिया अंधियारा

गिरे इस धरती पर खून मेरा, धरती का उपकार मानूँगा।
मर न सका इस धरती के लिए, खुद को श्राप मानूँगा।
जिसने जीना सिखाया, जीना चाहता हूँ एक पल और।
अनुभूती करना चाहता हूँ ठहर कर एक पल और।

हमारा समाज एवं सामाजिक समस्याएँ

प्रकृति की दो अनोखी दृष्टि हैं जग और जीवन, यह कह पाना बेहद मुश्किल है कि सबसे पहले सृष्टि किसकी हुई। परंतु इतना कहा जा सकता है की जग की आँचल तले ही जीवन पला, फिर जीवन के ही सालों प्रयत्नों से जग जगा फिर जगकर और प्रयत्न से खुद को इस मुकाम पर ला खड़ा किया। समाज सिर्फ लोगों के समूह को नहीं कहा जा सकता है समाज प्रेम, प्यार सदभावना कि युग्म चित्रन है। यदि ऐसा नहीं होता तो परिवार के जुड़ने से परिवार नहीं बनता। प्रेम, सुरक्षा, का फल समाज है। और धीरे-धीरे एकत्रित होकर समाज का रूप ले लिया समाज हमारी एक तरह सुरक्षा कवच के रूप में है। समाज से हम और हम से समाज।

समाज शास्त्रियों ने समाज की परिभाषा देते हुए कहा है की मैकाइवर और पेज के अनुसार 'समाज रीतियों या पटयातियों तथा कार्य प्रणालियों का अधिकार तथा पारस्परिक सहयोग की अनेक समूह तथा विभागों की मानव व्यवहार के नियंत्रणों तथा स्वतंत्रताओं की व्यवस्था है। इस सतत् परिवर्तनशील व्यवस्था को ही हम समाज कहते है।'

रयूटरः "समाज वह अमूर्त शब्द है जो की एक समूह के सदस्यों में एवं उन सदस्यों के बीच पाये जाने वाले जटिल पारस्परिक संबंधों का बोध कराता है।

लैपियरः "समाज के तत्पर्य लोगों के समूह से नहीं बल्कि अंतः क्रिया के मानको के उस जटिल प्रतिमान से है जो कि उनमें एवं उनके बीच उत्पन्न होता है।

आज हम समाज के छाया में अपना जीवन यापन कर रहे है। खुद को समाज के बीच रह बड़ा महफूज मान रहे हैं। लेकिन प्राचीन काल से चले आ रहे कुछ कुप्रथा आज हमारे समाज को तोड़ और बिखराव का कारण बन रहा है।

नवनीत समाज के बीच की रुकावट बन रहा है धर्म के नाम पर जाति के नाम पर, आस्था के नाम पर। आज हमारा समय कई ऐसे दो राहों पर खड़ा है जहाँ से उसे सिर्फ लौटना पड़ता है। आज हमारा समाज जिस संघर्ष से यहाँ तक पहुँचा है, उसी समाज के कुछ प्राचीन कुरीति प्रथा नव समाज निर्माण में बाधक बन रहा है। कभी

प्रतिष्ठा के नाम पर सीता जैसी नारी को अग्नि परीक्षा से गुजरना पड़ा। कर्ण को हमेशा जाति का अपमान सहना पड़ा। वो प्राचीन काल का साक्ष्य प्रस्तुत है। लेकिन वर्तमान में भी हमारा समाज इन्हीं वैशाखी के सहारे रेंग रहा है।

वर्तमान समाज में आज भी नारी कैदी की तरह कैद है। एक लड़की बिना कुछ सोचे समझे अपने सोलह श्रृंगार कर ससुराल जाती है उसे पता नहीं होता उसका घर कैसा है, माहौल कैसा है उसका अपना पति कैसा है सब ठीक हुआ तो वही सोलह श्रृंगार-श्रृंगार बन कर रह जाता है। वर्ना वहीं हाथ की चुड़ी-हथकड़ी, नाक का नथिया-नाथ, पैर की पायल बेड़ी। एक समय ऐसा होता है कि माँग का सिंदूर खून से रंग माथे की बिन्दियाँ कलंक का टीका बन जाता है। और फिर गले का हार फांसी का फंदा बन लटक जाती है।

वर्तमान समाज दिन पर दिन बद से बत्तर होता नजर आ रहा है। मानव जीवन में चरित्र का पतन सबसे बड़ा कारण है। आज इंसान, इंसान की लाशों का महल खड़ा कर कामयाब होना चाहता है। आज मानव खून के समुद्र के बीच आसया बनाना चाहता है। आज हमारे समाज कुछ दरिंदे ऐसे है जो रिश्ते-नाते सब भूलकर खून करने तक से भी नहीं हिचकते। प्राचीन समय में कुरुक्षेत्र युद्ध भूमि बना था। परंतु आधुनिक समाज में हर घर कुरुक्षेत्र बन चुका है। समाज, समाज न रह कर कातिलों की बस्ती बनता जा रहा है। आज का समाज शांति, सुकून से कोशो दूर हो गया है। हर वक्त विवाद, दंगा फसाद कौतुहल पूर्ण समाज होता जा रहा है और इसके बीच हमारे समाज में सबसे बड़ी समस्या बाल मजदूरी है जो एक भयानक दृश्य है। जिस उम्र में आजाद परिंदों की तरह रहना चाहिए था उसी उम्र में वो बंधुआ मंजदूरी करने पर विवश है। कही किसी के घर पर छोटे-छोटे होटलों में, दुकानों पर, कुड़ा बेचने, बिछने पर आज वो मजबूर है। जिस हाथ में अभी किताब, कॉपी कलम होना चाहिए था। उसी हाथ में पत्थर ईंट कुडा है। जिन आँखों में सपना पनपना चाहिए था आज वही आँख विवश है छोटी-छोटी फैक्ट्रियों में सूई धागे जैसा महीन कार्य में। इनका बचपन तो सीधा दबकर रह गया इन बोझ तले इसका एक ही कारण है गरीबी रेखा से नीचे रहने वाले लोग, परिवार की कम आमदनी जिसके कारण फुटपाथ पर सिग्नल पर फूल बेचते नजर आते है। जूता पॉलिश, गाड़ी साफ करते, गैरेज इत्यादि जगहों पर नजर आते है। इसका सीधा असर देश के भविष्य पर पड़ रहा हैं। आज वर्तमान जिस स्थिति में है, भविष्य उसका उसी स्थिति में रहेगा।

समाज में और न जाने कितने ही श्राप हैं जो दीमक की तरह हमारे समाज को चाट रहा है। इस पर कोई और टिप्पणी देने की जरूरत नहीं की देश के रक्षक ही भक्षक बन गये है। जब तक समाज अग्रसर नहीं होगा, देश अग्रसर नहीं हो सकता, और उससे पहले हमे खुद को बदलना होगा, तभी समाज बदलेगा।

और न जाने हमारे समाज में सागर की तरह बुराईयाँ कितनी है, अच्छाईयाँ है इन कविताओं के माध्यम से इन विषयों पर बूँद के समान टिप्पणी की गई है। आइए जानते है।

23

हास्य कलाकारों की बेबसी

चेहरे पर खुशी, दिल में दुःखी
क्या यही है हास्य कालाकारों की बेवसी
दिखाता कुछ होता और कुछ
दिखाने से कितने ज्यादा छुपाता दुख कई।।

होठो पे कुछ, दिल में कुछ और कैद
विवशता या मजबूरी, इनका यही शायद
सूरज की तरह जलकर रोशनी देता है खुद
हँसाता है, पर कभी हँसता नही खुद।।

जिंदगी सिमट गयी, कौन जाने इनकी बेबसी
खुद में है खोया बाहरी शरीर ले गया चाबसी
आत्मा मर चुका था कब का
हँसी त्याग दिया था कब का
चल रहा था शरीर में मुठभेड़ आपसी।।

लोगों से नजरें चुराकर करता हास्य परिहास्य
दिल में गहरा जख्म लिए कर लिया खुद को बर्बाद
हँसाता था दूसरों को, लेकिन खुद नही हँस सका
गुदगुदा बचाता सबको लेकिन खुद नही बचा सका।।

नही सीखा खुद में है एक कुरूक्षेत्र
चलता ही रहता है आपसी मुठभेड़ इसमें
चुरा लिया यहीं कहीं से तीर
लिया खुद से खुद को चीर।।

❀❀❀

24

लाखों भाषी हिन्दी

आज लाखों भाषी हिन्दी
क्यों हैं इतना चिंतित
अंग्रेजी नहीं है आता
तो क्या खो दिया अपना सचित्र।।

आज लाखों भाषी हिन्दी
क्यों हैं इतना चिंतित।।

अंग्रेजी खिड़की है, तो
हिन्दी दरवाजा
अंग्रेजी शब्द है तो
हिन्दी पूरा प्रयोगशाला
हिन्दी सिखाता है शिक्षा नैतिक
हिन्दी बिना अधूरा शिक्षित।।

आज लाखों भाषी हिन्दी
क्यों हैं इतना चिंतित।।

वो नम्रता कहाँ अग्रेंजी में
जग को ढ़ाल दिया अपने जमाने में
जमाने को बांधने की शक्ति हिंदी में
विनम्र, नम्र, हिन्दी से
अंग्रजी में वो नैतिकता की नहीं नीति।।

आज लाखों भाषी हिन्दी
क्यों हैं इतना चिंतित।।

ये भाषा है हमारी मातृभूमि से उपजा
है इसमें हर लब्ज मिट्टी से जुड़ा
एक-एक शब्द है मृदुल सजा
हर वाक्य से शायरी गजल बना

है मोक्ष, ऋद्धि, सिद्धि, हिन्दी
आज लाखों भाषी हिन्दी
क्यों है इतना चिंतित

❋❋❋

25

हस्त पस्त निरस्त गृहस्थ

हस्त पस्त नीरस गृहस्थ
सूर्य उगने से पहले अस्त।।

खेत-खलिहान संग बंजर
रहा-शोंघ भूमि बंजर।।

कहीं रेत नाला सुखा
मिल न पाता रोटी रूखा।।

झकझोर गया पछवा अब तो
सन्नाटा पसरा गाँव-गाँव सब तो।।

था कुछ आँगन बचा कल तक
शेष ध्वस्त अग्नि, उड़ा ले गया नभ तक।।

है बस पीपल हड़हराता खड़ा वहाँ
इंसान भूखे प्यासे तरस रहा।।

खाए भी क्या उस पीपल से तोड़
कर रहा प्रार्थना देखो सब कल जोड़ ।।

कौन फरिश्ता किस लिए उजाड़ किया
आकर पुनः अब तुही बाजार सजा ।।

सुबह बंजर रात है जर्जर
शाम से क्या करु उम्मीद समर्थ

करता हूँ फिर भी उम्मीद शाम से
जला कोई दिया, उम्मीद की शमां फिर से।।

❀❀❀

26

जग दर्शन

आज सुबह सवेरे सूरज संग चला
देखने-कैसा है मेरा जग भला ।
कही बहता कलकल रेत, तो कहीं सूखा जर्जर रेगिस्तां
देख-देख मन निरस्त आगे बढ़ता रहा ।

कही महल तो, कहीं झोपड़ी है लटकी
कोई रेशम से लदा तो कोई पहना पुरानी फटी।
सुख दुख के दोनो तीरों से
चल रहा देख कैसा का हाल जिंदगी पथ की।

कोई गरजता बादल संग पुरा नहाया
तो कोई खुद उसमे बह गया।
जिंदगी दो किनारों के बीच सिमटी
कोई होकर नाव पर सवार
तो कोई वैसे ही तैर रहा।

किसी के पास दो वक्त खाने को नहीं।
तो किसी के पास खाने को वक्त नहीं।
कोई अपनों के याद में तड़प रहा
तो किसी के पास मिलने का वक्त नहीं।
कोई मिटा दिया यूँ हीं जिंदगी अपना
तो किसी के पास बचाने के लिए जान एक बूँद रक्त नहीं।

कोई उन गगन में रह सबको भुला दिया
तो कोई जमीं पर रह सबको संभाल लिया
देखा जमीन आसमा बीच दरम्यां
कोई कहीं तो कोई यहीं शेष रहा

देख-देख मन मे आँसू, पलक पर खून
भगवान का भी कैसा इंसाफ है यह खूब
कोई जन्नत में तो कोई जतोजहित बहार में
यहीं है जीवन की सच, या बद्दुआ बदबू

फिर मैं संग सूरज साथ ढ़ला
अगले सुबह चलने की हिम्मत नही हुआ
आज-सुबह सवेरे सूरज संग चला
देखने कैसा है मेरा जग भला

❀❀❀

27

किसानों का दर्द

एक-एक कतरा खून से सींचा
खेत खलिहान और जमीन,
रह-रह इस मिट्टी संग नजर बिछाया
फिर भी है अस्तिव विहीन

गर्जते मेघ, दाह उजाड़,
संग एक-एक तिनका घर व द्वार
भिंग-भिंग, नही उपर जिन्दगी खप्पर
बीच मजधार घर मुखिया छूटा पतवार

विवश जन जीवन कल्प नही काया
सर छत नही, दूर -दूर नही कही छाया।
आश फिर भी बांध, जीवन चला सुधारने।
परंतु कब और, होगा कैसे लगा विचारणे।

है चारों ओर उजार प्रलय प्रकोप
बूँद कहाँ, आग सा धूप ले चला परलोक।।

निराश मन जीवण व्यापन,
है कुदरत का यह विधि गलत
वजह हो चाहे, जो
प्रकृति चलन गया पलट।

किस भावनावश गुनाह हुआ हमसे,
जो बिगड़ा पड़ा ये सुन्दर संसार

आर-पार मे ये भारत
पूँछ, पूँछ समय गतिसार
अस्तब्ध अतिशय यापन है जीवण
बचने का फंदा है नही कोई आसार

हो चूका है सूरज भी अब अस्त
जीवण हो चुका स्तब्ध अतिशय
कुदरत भी कर रहा मौन प्रहार
दुनिया हो चला अब पूरा अंन्हार ।।

❁❁❁

28

ये जग हुआ लाचार

ये जग हुआ लाचार
अब बन गया तू भी इसका विचार
खोद सका जीवन में जो भी कुँआ
उसका तुझ से ही है आधार

गहराई माँप ले जाकर चाह ले
होगा तू हीं किसी न किसी दिन
इन कुँओं का शृंगार/सिरजनहार
ये भी तूं भविष्य जान ले
ये मेढ़क तुझ पर हँसेगे
कीड़े तुझको नोचेंगे
इन साँपो का क्या कहना जो खुद तु इसमे छोड़ा
बिष घर से जहर उगलेगे

ये जन्म हुआ तेरा क्यूँ
ज्ञान होगा उस दिन
जब तड़पेगा कहर से
जीवन समतल के बिन

सज चुका है तेरा महफिल
इन गहराई अँधियारों में
भाग कर जाएगा भी कहाँ
अपने बनाएँ हथियारों से
अब बस दफन होना है तुझको
खुद के बनाएँ आसियानों से

❀❀❀

29

आहट भरी रात

है हर तरफ आहट भरी रात
पर है नहीं कोई मेरे साथ
ऐ खुदा तू क्या थामेगा मेरा हाथ
जब खुद है,
निंरतर बदलती तस्वीर मेरे साथ

था आगे घुँआ, पीछे कुँआ
था कल फिर भी जवां
था जिन्दगी न कल
बन चुका था जुआरी का जुआ
फिर आज क्यों मैं तरसूं
जब पता है बेहतर है परसों
कल और आज से

था सूरज भी कभी उभरता, कभी छिपता
एक जंगल था हमेशा अपनी तरफ खींचता

होता भी था सवेरा तो चलता नही था पता
हर तरफ अंधेर रातों की आहट रहता था सताता
अब आगे मैं क्या बताऊँ चूका सब बता
पर आज बदले है कुछ तस्वीरे
जी रहा हूँ, चल रहाँ हूँ, बढ़ रहा हूँ
जिसके सहारे

❀❀❀

30

वो हुआ क्यों इतना हताश

वो हुआ क्यों इतना हताश
मैं अब तक जान न सका
क्यों हुआ उसको ऐंसा एहसास
क्यो मेरा सोच वहाँ तक पहुँच न सका

था सब कुछ ठीक
रहा था खुबसूरत सीख
अचानक ऐसा क्या हुआ
जो रहा न मुझे दिख

समय था उसके पास कितना भला
चल रहा था, बढ़ रहा था
था खुद को खुद से बढ़ा रहा
जिन्दगी खुबसुरत मोड़ से गुजर रहा
अखिर हुआ क्या
जो बन गया उसका आखिरी किला

शांत था समंदर ऊपर से
पता नही था हल चल अंदर से
शायद मुझे पता नहीं
वो बना लिया संचय खुद से
इतना उदास मुरझाया फूल सा
कली भी खिलने से कतरा रहा
खिल कर मैं भी कहीं
न जाऊँ मैं भी मुरझा

31

सूरत बड़ा या ज्ञान

सूरत है बड़ा, या बड़ा है ज्ञान
पड़ा है उस पर महानता का अंहकार।

बना रखा आशियां समुद्र के बीचों-बीच
जाने के लिए रौंद डाला गरीबों के सिर
बनाया है लातों के नीचें लासों का पुल
बोली में इतना कड़वाहट कि
भोंके सीधा हृदय में शूल।।

सोचता नहीं समझता नहीं करें हम क्या
दंगा फसाद करवाना है बस इसका जुनून
खुद के स्वार्थ के लिए बहा रहा अपनों का खुन।।

मर गया इनमें इंसानियत
खो गया कहीं अपनों को देखने की निगाह
बस बचा है इनमें दूसरों को नीचा दिखाने की औकात
करता रहता बस खुद की वकालत ।।

मिलता है इसको इसी में सुकून
विचार नहीं विमर्श नहीं
नहीं हैं कोई शर्म
सुन कर अनसुना करना है इनका फर्ज।।

खुद के स्वार्थ में बहा जा रहा
एक-एक कर्ज बढ़ा खुद के सर
सूरत है बड़ा या बड़ा है ज्ञान
पड़ा है उस पर महानता का अंहकार

❋❋❋

32

कुदरत का इंसाफ

राहो ने मुझें मंजिलों से दुर कर दिया
एक आशा था दीपक,
जिन्दगी उसे भी बुझा दिया
अंधेरे में मैं चीख रहा हूँ
इस जमाने ने मुझे अब गुंगा बना दिया
बहरा तो था पहले से ही,
सुबह होने से पहले ही,
कुदरत ने आँखों पर पट्टी चढ़ा दिया

हूँ विकलागं, वैशाखी का मोहताज
है वैशाखी पर पकड़ने के लिए नही हाथ
एक कदम और मैं, अब चल नही सकता
आएँ कोई ले जाएँ अपने साथ

इस अंधेरे आँखों में, एक सपना अभी भी है कोंघता
काश छोड़ विवशताओं का कावर पर लगा मै आसमानों में उड़ता
ऊँची उड़ान बादलों से आगे नभ में मैं कहीं छुप जाता।
ये सपना अब मुझे सोने नहीं देता।

काश होता मुझे सपना साकार करने का साधन।
बनकर मै भी दिखाता कर कोई काम असाधारणा
पर ये सपना ही रह गया
जहाँ से चला था वहीं के वहीं रह गया।

❁❁❁

33

कलम या तलवार

ऐ मनुज बोल-कलम या तलवार
शांति अहिंसा साम्राज्य या संग्राम
द्वंद प्रतिद्वंद अभिषाप या वरदान
ऐ मनुज बोल क्या है तेरे लिए आसान
ऐ मनुज बोल कलम या तलवार

असंख्य लड़ रहा, बेचैनी सह रहा
है सामने तेरे दो पथ
एक द्वंद, दुसरा ग्रन्थ रथ
ऐ मनुज बोल होगा तू किस पर सवार
ऐ मनुज बोल कलम या तलवार

राह चुन आगे दिशा तेरा मंजिल खड़ा
क्या कहता है अब तू जाएगा कहाँ
एक तरफ श्याही, तो दुसरी तरफ खूनो कि जहाँ

बोल मनुज किधर बसाएगा दरबार
ऐ मनुज बोल कलम या तलवार

कितना सहज रथ चलाकर होगा उस पार
दुर्लभ भड़ी तलवार भाँझ कर उजारेगा घर-बार
फिर भी सोच ऐ मनुज,........................
कलम बल तू जग हिलाया, तल बल तू सबको डराया
क्या है तेरा जवाब, किसमे तू अपार
ऐ मनुज बोल कलम या तलवार।

❀❀❀

34

बाल-मजदूर

एक भयानक तस्वीर है मेरी आँखों मे।
हैं बच्चे पर, करते हैं मजदूरी खेतों में।
सर पर बोझ लढ़े, कीचड़ में खुद सने ।
लिपटा है कहीं अंधियारा गलियों में।
एक भयानक तस्वीर है मेरे आँखों मे।

पैर बढ़ता है लेकिन लदी बोझ से।
सीढी दर सीढी, मंजिल दर मंजिल बढ़ता है उपर
लेकिन, फिर आ जाता है नीचे खाली टोकरी भड़ने।
फिर चढ़ता है आखिरी मंजिल।
सोचता। होता काश मै परिंदा, उड़ जाता एसे।

ताकि नीचे न आना पड़ता फिर से।
है इसके लिए नही सुबह की सवेरा

न रातों की चाँदनी चाँद तारा ।
बस इसके लिए खोना ही बना।
जिन्दगी बन सा गया अंधेरा।
खुद में रहा ढूढ़ कहां खो गया मेरा बचपन
बीत रहा इसका हर क्षण पल-पल।

सोच रहा, आखिर कहाँ खो गया मेरा बस्ता।
क्या मेरे लिए नहीं बना स्कूल का रास्ता।

आसमां खा गया या धरती निगल गई।
जहाँ था कल आज भी मै वहीं रह गया।
किताबों के शब्द हों गया अनसुना- अनदेखा
क्या है शिक्षा उपदेश मे ही सिमीत रह गया।
कैसे बचाऊँ जिन्दगी बता, ऐ खुदा।

समाज के लिए है कलंग ।
बाल मजदूरी का देना संग।
भविष्य बचेगा।
देश बचेगा।

❁❁❁

- कृष्णा कुणाल झा

35

गुलामी

गुलामी में दबे सब यहाँ खड़ा है
आँख कान खुली है
पर, मुँह खोलने कि हिम्मत नही है
टाँगे जकड़ी बेठी में
हाथ है हथकड़ी में
गुलामी में दबे सब यहाँ चुपचाप खड़ा है

हाथ जोड़े, सर झुकाएँ
चुड़ियों के जगह हथकड़ी की आवाज आएँ

पैर में बंधे बेड़ी
एक कदम चलने से भी कतराएँ
हर आलम बेदर्द है 'काश'
जिन्दगी मौत मे बदल जाएँ

न उसके लिए उगते सूरज,
न ढलते शाम

हर सजा ऐसा कि लगता श्राप
उसके लिए जिन्दगी एक दर्द
जैसे ठंड में हवा सनसनाती सर्द

राहें कठिन हैं, पर है तुम्हे जुझना
हर मुश्किल से है अब तुम्हे लड़ना

हर एक मुस्कान पर हक तुम्हारा
हर एक 'उड़ान' पर हक तुम्हारा
यूँ गमखाकर, जकड़कर नही रहना
गुलामी अब और नही है सहना

❁❁❁

36

गरीबी का हाल

मैंने देखा अपने आँखों से गरीबों कि गरीबी का हाल
कितना पाता है खुद को बेबस और लाचार
गरीबी के जीवन का क्या है अस्तित्व व आधार
क्या हैं इसके लिए ये सपने और संसार

चलना भी चाहे चलकर पाना भी चाहे
खानी पड़ती है मूँह की चोट, गिरते हैं हरबार
मैंने देखा है अपनी आँखों से गरीबी का हाल

एक पल एक खुशी बस सपनों में ही देखता है
हकीकत नहीं अफसानों में ही जीना चाहता है
बस इसके जीवन में सूरज का ढलना ही लिखा रहता है
चाहकर भी पाकर भी नहीं कर सकता है अपना
जो है इसके पास, इसके सिवा सोच भी नहीं सकता
कुछ और नहीं, खुली आँखों से सिर्फ देख सकता है सपना
जो है इसके पास आगे की सोच भी नहीं पनपने देता है

बढ़ना भी चाहे गरीबी डोर खींच लाती है।
है मेरे जहन में सैकड़ों सवाल
लगता है ऐसा हो यही, इनके लिए आखरी पड़ाव
क्योंकि, मैंने महसूस किया है गरीबी का वास्तविक हाल
मैंने देखा अपने आँखों से गरीबों कि गरीबी का हाल।

37

हर घर रौशन- हर घर पोषण

हर घर रौशन
हर घर पोषन
हर घर हो दीया समान
जलते लौं हो हर घर में
हो मेरा ऐसा हिन्दुस्तान

सवेरा होते चुहचुहाते कोमल मधुर आवाज
हो अन्दर बाहर स्वंतत्र-स्वराज
दिन दोपहर रात,

हर वक्त हो मुक्त अत्याचार
स्वाधीन हो स्वाधीनता

हर लब्ज मे हो अपनापनता
ले न सके कोई इससे टक्कर
ऐसा हो हिन्दुस्तान की क्षमता
राह गिरो की राह दिखाता
ऐसा है मेरी मातृमाता

नदी निर्जल वन-उपवन
एक समता हर जन-जन
वेद पुरान जिस धरती पर
वो हिन्दुस्तान हमारा कंचन

लह-लह शीशे खेत और खलिहान
घूप बादल, बर्षात् जहाँ मौसम महान
तिथि पवित्र पावन घरती हमारा
यही है हिन्दुस्तान हमारा गहना

आधार सिला जिसने किया प्रदान
विश्व शांति संदेश और स्वाभिमान
यही है हमारी भारत माता कहलाती
यही है हमारा भारत हिन्दुस्तान पावन धरती

❀❀❀

38

आज है पावन तिथि

आज है पावन तिथि
आज हुआ ऊँचा धरती
कह रहा, मचा रहा
जगह-जगह ढोल बजवा रहा

आज हुआ चार हाथ धरती ऊपर
क्योकि आज जन्मा है एक बालक
इस धरती पर

समुन्द्र उफना रहा
हवा लय में चल रहा
सोया हुआ कोयल भी
आज राग में गा रहा
नाचना आता नही था
जिस मोर को कल तक
आज कत्थक नृत्य कर रहा
बन्जर भूमि आज लहलहा रहा

सोया भाग्य जग गया, है लोगो में
पर है कोई इधर भी, जो है शोक में
उसके लिए आज अंतिम तिथि
आज हुआ चार हाथ नीचा धरती
जगह-जगह मातूम सन्नाटा पसरा

क्योंकि हो रहा इधर भी एक लड़की बड़ी
अब होगा कैसे ब्याह इसका
सवाल है आज से ही सामने खड़ा

है कहीं आशा तो कहीं निराशा
बना लिया खुद में ही एक गलत घारणा
और है नहीं शब्द नया
समझने-समझाने योग्य बाते क्या रह गया

❁❁❁

39

तड़प रही हूँ, तरस रही हूँ।

तड़प रही हूँ, तरस रही हूँ।
आने को इस धरती पर
पल-पल डर भी रही हूँ
जाने क्या करोगी, जानने पर

मासूम हूँ अनजान हूँ
अकेला और असहाय हूँ।
बचा ले माँ मुझे,
कल का मैं भाविष्य हूँ।

रहम करना कृपा करना
आने देना मुझे अपने दर पर
साबित करना चाहती हूँ
हूँ नही किसी से कम हम।

क्या नही किया इस देश की बेटी ने
हर कदम बढ़ाया, हर जगह हमने
और किया रोशन, हर दिशा मे

तुम एक माँ हो समझो मुझे
आने देना इस धरती पर मुझे

क्या है गुनाह मेरा, क्या मुझसे सिकवा
क्यों करती हो नफरत मुझसे इतना

क्या है मुझ में कमी बता
क्या हुई, कभी मुझसे खता।

समझ आता नही मुझे, हूँ मैं अंजान
कैसे समझाऊँ मै आपको,
हूँ मैं कल की समाज।

हर जगह मेरा ही तो है बनाया स्वराज
फिर क्यों हो मुझसे इतना खफा

तड़प रही हूँ तरस रही हूँ
आने को इस धरती पर,
पल-पल डर भी रही है।
न जाने क्या करोगी जानने पर
कृपा कर, आने देना मुझे भी इस धरती पर।

❀❀❀

40

कैसी है ये दुनिया

कैसे है ये दुनियां
और इसमें रहने वाले लोग
मिला लाभ दौड़ा आया
जब हानि का स्वाद चखा
तो, दुसरो पर चिल्लाया

कितने तो,.........................
हँसी पर रोया, आनंद पर जताया शोक
कैसे है ये दुनिया और ये लोग।।

हर तरफ खुशी से मुँह मोड़ कर है बैठा
खुद मे खोया'...................
बीते असंचय में रहता है तैरता
चाहता होता कोइे मेरा गुलाम
जिसपर चीखता, चिल्लाता
मन-मर्जि का हक मैं चलता
हर कुकर्म का सजा मैं देता
यदि आता अंधरेा मुझे निगलने
सामने उसे खड़ा कर देता।।

इतना गुस्सा व नफरत किसलिए
यही है अंत का पहरा का सिलसिला
जो वह रहा है चाह

इस कायनात का प्रत्यक्ष है उल्टा
क्यू फिर रहा है अमृत वन में विष लिए।।

निःसंदेह वो कदाचारी, दुराचारी था
अत्याचारी, भ्रष्टाचारी था
ज्यादा पल चलने वाला था नहीं
कारवां उसका..................
वहीं पल अंत का सिसकारी था।।

41

नायक और खलनायक

दिन भर हम नायक बने फिरे
कभी मुश्किल में घिरे
कभी साहस संग लड़े
तो कभी बातें फेके बड़े-बड़े

हसाया भी रूलाया भी
संवाद झोंक सलटा बात-खड़े-खड़े
तो कभी विलन बन तड़पाया भी

ऐ मेरे नायाब नायक
करो अब अपना निर्देशन
आंकलन करो बनकर लेखक
और देखो होता क्या है, बनकर नायक सहायक

कहाँ हुआ मुझसे शॉट्स में मिस्ड़
या, किया सबकुछ अनुकूल
क्या था संवाद और था क्या स्क्रिप्ट
यदि बिगड़ा तो था क्या कारण
सोचो हुआ कहाँ मुझसे भूल
ऐ मेरे नायाब नायक करो गलती कुबूल

होगा बेहतर कल का शीन
देखो सोचो अंधूरा है तो किसके बिन

यदि चल रहा हो सबकुछ सही
एक से बढ़कर एक शोट्स देते रहो

ऐ मेरे नायाब नायक,
अपने हर गलती से परदा उठाते रहो
सुधार की कोशिशें करते रहो

बन सकती है एक नया दास्तां व कहानी
करते रहो खुद का आकलन बन,
निर्देशेक व लेखक
आने वाला कल सुनेगा तुम्हारी ही जुबानी
क्योंकी हो तुम ही कल की भविष्य सुहानी

ऐ मेरे नायाब नायक ढुढ़ते् रहो कमी
यूँ ही चढ़ते रहो लेकर सफलता की कॉंरवा
दूर और दूर इस जहाँ से और भी कहीं।
करते चलो चलकर सपने को पूरा

❀❀❀

42

दाव पर जिन्दगी ?

क्यों, लेते हैं लोग फांसी का फैसला ?
क्यों छोड़ देते हैं बीच में ही हौसला ?

क्यों जिन्दगी लगने लगती है बोझ ?
क्यों जिन्दगी खत्म करते हैं लोग ?

क्यों लगती है, जिन्दगी भाड़ी ?
क्यों लगती है, दाव पर जिन्दगी सारी ?

मेरे जिन्दगी पहले ये बता।
कैसे ऊतारूँगा तेरा कर्ज भला।

सुख और दुःख के पलड़ा मे झुलाया।
कभी आफत के छत को सर से हटाया।
राह मे चलते-चलते गिरा तो तू संभाला।
तो, कभी चोट खाया तो वक्त का मरहम लगाया।
हर मुश्किल से तूने ही तो उबाड़ा।

जब जिन्दगी से ही सिखते हैं सारी बात।
तो क्यों छोड़े दामन जिन्दगी के साथ।

जो जानता ही नही अपने जिन्दगी का मोल।
तो क्यों जताएं उनकी खुदकुशी का शोक।

वो आदमी नही कायर है, जो करता है खुद से
जिन्दगी बर्बाद।

क्योंकी इस कर्मभूमी पर आने का सौभाग्य
नही मिलता बार-बार।

करता हूँ निवेदन मत कर अनमोल जिन्दगी नष्ट।
ऐसे जिन्दगी नष्ट करके मिलता है
मर कर कष्ट।

❁❁❁

43

दहकता संसार

क्यों है दहकती चिता सा संसार
क्या गिरा किस पर दुःखों का पहाड़
कही निर्जर बहती अश्रु
क्यो दहका रहा खुद में आग

आया जबसे तू इस धरती पर
देखा न सिवाय जलता घर
कौन बुझाता है आकर
देखो यह भी आँख फाड़कर

चिता की आग से आँख कभी न भटका
सोच एक दिन तू भी यहाँ होगा
ये घूँ-घूँ आँखो की दहकन बूझा दे
तेरे कंधो को शायद कोई न बचेगा

आज आकर फिर कहाँ चल दिया
जिन्दगी में ये कैसा मोड़ दे दिया
हर आँख से अस्क तेरे कारण बह रहा
तू जीने का नाम क्यों नही ले रहा

घर था तेरा कितना सुन्दर कल तक
सब नष्ट कर दिया आग बनकर
सजा क्या तेरे लिए कोई मुक्करर करे

अब तो तेरा जिन्दगी ही चला गया,
तुझसे तजकर,.............................. ।

शायद तेरा समय तुझे बदल भी दे
तब तक देर हो चुका रहेगा,
जब तू आएगा फिर से लौट के

समय रहते रोक ले खुद को
शांत कर दे रूद्र रूपी आग को

❋❋❋

44

ये भूख, ये तरस

ये भूख ये तरस मुझे कहीं का न छोड़ा
हर राह, हर वक्त मेरे दिल को तोड़ा
गिरता था, संभलता था,
थोड़ी दूर चलता था
अचानक झोंका फिर से गिरा देता।

राह था वो राही था मै
पर था और न कोई दूजा
साथ चलने वाला भाई
रोता था खुद मैं, हँसता था खुद मैं
कहने वाला न था और दुसरा
जो कुछ करता खुद से मैं।

हर राह मे राहगिर होते हैं अनगिनत
पर इस राह मे साथ न था कोई
दाने-दाने का मोहताज हुआ
अपनों का अपनापन का भी मिला फायदा गलत

आँखों में सपना लिए दर-दर भटक रहा हूँ
साकार करने का सपना सराखों पर लिए चल रहा हूँ
हर रंग रंगहीन और बेरंग रंगीन दिखाई देता है
अपना और क्या कहूँ जो हूँ मै यही हूँ
हर जतो जहित ही हमारा कामयाबी है।

❁❁❁

45

चल रे हंस

चल रे हंस वहाँ, जहाँ मिले तुझे खाने को मोती
हंसते हों गाते हों जहां हों न कोई रोते
तेरी तरह जगे, हों न वहाँ कोई सोते
जहाँ हर वक्त हो एक नया नींव बोतें
चल रे हँस वहाँ, जहाँ मिले तुझे खाने को मोती

तेरे लिए बना नही पिंजार जहाँ रहे तू कैद
ये जहाँ नही है तेरे लिए बना शायद
चल कहीं दूर जहाँ हो तेरी विरासत
चल वहाँ जहाँ तू लगाना पानी में गोते
चल रे हंस वहाँ, जहाँ मिले तुझे खाने को मोती

शायद यहाँ रह उड़ना भूल गया हो
सीखना तू उस नभ मंडल में
अपने पंख मे पड़ लगाना उस आसमानों में
आकर फिर बताना, है क्या इस काले बादल में।

चल रे पक्षी, पक्षी से मिलना
देखना तू बागों की कलियाँ को खिलना
सजना सँवरना मोड़ को देखना

देखना कोमल राग में कैसे है गाती
चल रे हँस वहाँ, जहाँ मिले तुझे खाने को मोती।

❀❀❀

46

हर गली मे ट्युशन चार

हर गली में ट्यूशन चार
बच्चे मिलते नहीं
कहीं है दो, तो कहीं चार
कहने को डिग्री मास्टर
पर असलियत में झोला छाप
हर गली मे ट्यूशन चार

हर बच्चे पर देता ऑफर
एक पर एक फ्री या,
फेल बच्चा सीधा टॉपर
गुमराह कर ऐठता है पैसा
यही है शहर का ट्यूशन ऐसा

स्कूल में है पिरिएड पूरा
फिर भी टुशन कि लत
हर विषय का लेता अलग से ब्योरा
फिर इस स्कूल का क्या फायदा

आता नही कुछ खुद को
बच्चे जान पाते नही
पढ़ा क्या रहा मुझको
जो पढ़ाया वही सही

फिर वो भविष्य कहाँ जाएगा
जहाँ था वही रहेगा।

अभिभावक भी क्या करें
जानते हैं गया है पढ़ने

बेसक अंक आ जाएं वर्ग में अच्छे।
पर ज्ञान कौन दे जहन में।
रह जाता आधा-अधूरा ज्ञान लेकर
और खतरनाक हो जाता पाकर

दर-दर की ठोकर बैठ जाता खाकर
कोई कॉलसेंटर तो कोई बैठ जाता है
अपना व्यापार कह कटघरे कि दुकान पर
हर गली मे ट्यूशन चार
बच्चे मिलते नहीं कहीं है दो कहीं चार।

❀❀❀

47

नन्ही कली

वो नन्ही कली
थी मासूम अनजान
इतना मासूम की
न देखने योग्य आँख
न सुनने योग्य कान
पता नहीं कौन छोड़ा था
इसे ऐसे सुनसान

दंग था देखक स्थिति
चिथरे में लपटी सिमटी
थी कुड़े की डब्बे में परी
थी तो बस संग जीवन की सांस
जुझ रही थी जिससे
बाँधकर जीवन की आश

शायद दिल नही रहा होगा उसमें
छोड़ा था मासूम को यहां जिसने
क्यों हो जाता है मनुष्य इतना निर्दय
आभाष नही रहता
कर क्या रहा है वो इस समय

वो मासूम, जो अभी जग देखा नही।
सूना नही क्या हो रहा है कहां-कहीं

मारने चला था उसको
जो है बेटी-पुत्री इस राष्ट्र की
भविष्य और गर्व इस देश की

धिक्कार है उस जीवन को
जो वो इंसान नहीं स्वार्थ मे रहता
इंसान के रूप में नरभक्षी कहलाता।

❁❁❁

48

फैशन का भूत

फैशन आई, फैशन आई
देखो कैसा फैशन का भूत है छाई
पुराने ख्याल, मॉडर्न से धोखा खाई
ऐसी फैशन नहीं देखी गेमाई।

सादगी भारत बदले फैशन में।
पुराने पड़े बड़े ही सस्पीशन में।
है लड़का या लड़की कहना है सस्पीशन में
अंग्रेज बोले-ऐसी फैशन इंडिया में।

लड़का से छोटा कपड़ा है लड़की के।
ऐसा कही ना देखा, न हो हाथ में हाथ किसी शहरी के।
करते हाई-हेलो टाटा अंग्रेजी में।
करते गुडमॉरनिंग से शुरूआत अपने फैमली में।

कौने समझाए इन्हें भारत है अध्यात्मिक
और धार्मिक लोगों का देश।
इन्हें तो चढा है, बस फैशन के भेश।
कुछ ही बचा है सरलता सादगी शेष।
अब बनेगा भारत फैशन का देश ।
देखो क्या-क्या करती है फैशन का खेल।

❀❀❀

49

बेइमान नेता

चल रहा था चुनाव का महीना ।
सारे नेता था सहसा-सहमा।
अभी चल रहा था झुठा वादा करना।
कहना था नेता का, देश के लिए है मरना।

एक दिन आए नेता जी हमारे घर पर।
मैने बोला-अहोभाग्य जो पधारे इस दर पर।
हाथ जोड़े पैर पकड़े बोले बटना दबाना मुझ पर ।
गरीबी हटाऊँगा, भूखमरी मिटाऊंगा इस वर्ष।

आयी एक पीछे से आवाज। क्यों मानू मैं आपकी बात।
इस पर नेता जी बोले क्योंकि मेरा संबध है ईमानदारी के साथ।

खाद्धी कुर्ता, गाँधी टोपी पहनने से कोई गाँधी नही बनते।
आप जैसा नेता है वादा करते, करने के समय बेईमानी के धन रहते समेटते
जनता के मूहँ से रोटी छीन कर जेब भरते हो अपना।
झुठी ख्वाब और दिखाते हो सपना।
फिर भी कहते हो वोट मुझ पर डालना।

तुम जैसे मक्कार को नेता बनने का कोई हक नही ।
तू सबसे बड़ा चोर है, बेईमान है इसमें भी कोई शक नही।

❀❀❀

50

चुनाव

ये चुनाव नही है, कीचड़ की होली
जनता देती वोट, जो भर दे खाली झोली
लगती है यहाँ देश की रक्षा की बोली
फिर चढ़ाते हमें महँगाई की शुली

वर्षों का रिश्ता हमारा कर जाता हैं।
जनता को उसी गटर में डुबोता है।
अपना घृणित चित्र छोड़ जाता है।
देशवासियों पर कुप्रभाव फैलाता है।

पर वह जाता है भूल
कि विरोधी ने भी बनाया है झुंड
इससे भी है बदबुदार हमारा कुंड
करते है यहाँ राज जनता का मुड

❀❀❀

51

गरीबी का जीवन

गरीबी मानव जीवन का कलंक है भाई।
गरीबी से ऊँचे भाव नहीं जन्मते नहीं आजादी ।
सारी शक्ति रोटी, कपड़ा, मकान में लगी है रहती ।
गरीबी आदर्शों, सपनों को नही है बुन पाती ।

गरीब का होता हिंसा में जन्म ।
फुट-पात पर रहकर गुजारा करते हम।
सपनों को आँखो में ही दफन कर देते हम।
गरीबी है मानव का सबसे बड़ा कलंक ।

श्रम करने का चाह है बड़े दिल में।
करूँ मैं ये कुरू मैं वो, हो सब मेरे बस में।
बस की हौरन बड़ा आँखे खुल जाता है।
हर ख्वाब धरा का धरा रह जाता मन में।
गरीबी मानव का सबसे बड़ा अभिषाप है सबसे बड़ा पाप।

स्कूल की गेट खुली है।
पर किताब के लिए पैसे नही।
उम्मीद हौसला बहुत पास है।
पर, पकड़ने के लिए हाथ नही।

❀❀❀

52

भ्रष्टाचार

बढ़े चलो-बढ़े चलो
अण्ना तुम बढ़े चलो
कहे चलो, कहे चलो
हम तुम्हारे साथ हैं,

आशा है तुम नौजवानों से,
मिटा देंगें भ्रष्टाचार निगाहों से,
कर देंगें भ्रष्टमुमक्त इस देश को
कहे चलो, बढ़े चलो, लड़े चलो

चाहे वह सरकार हो या एन. डी. ए. ।
कर देंगें सारे भ्रष्टाचारियो को खंडनिए
अब काम है पहले ये हमारा करना
देशद्रोहियों को भारत छोड़ भगाना।

कर्तव्य है, पहला ये हमारा
मिटाना है भ्रष्टाचार सारा
शांति के क्षेत्र मे विश्व को भारत का ऋणी बनाना है।
भ्रष्टाचारियों को देश छोड़ भगाना है।
भारत देश को बचाना है।।
भारत को आजाद हुए हो गए 65 साल नही छटी तो
बस भ्रष्टाचारियों कि आषाढ़।

❋❋❋

53

सुरक्षा नारी की

भारत की नारी सुरक्षा पर लग रहा सवाल?
इंडिया गेट पर कर रहा हैं जनता बवाल ।
होती है सार्वजनिक बस में रेप।
क्या अभी भी है, नारी सेफ।

क्या इन बालात्कारियों के लिए कोई कानून नही।
जो वह कर रहा वही सही।

रात के अंधेरे मे चाकू की नोक पर लुटमार करता है।
जेल में सड़ने के बजाए खुले सांड की तरह घुमता है।
पैसो के दम पर हमेशा छुट जाता है।
बड़े बाप का बेटा कहलाकर कानून को जेब मे लिए फिरता है।

यदि ऐसा है कानून तो कौन करेगा कानून का सम्मान।
ऐसे में होता अपने ही देश का अपमान।
आज तक नही देखा किसी मंत्री या नेता को कटघड़े में खड़ा हो
जबकी यही है मुजरीम सबसे बड़ा।

चाहे वह हो कौमनवेल्थ गेम या कोयला घोटाला, सब में रहता
इन्ही का हाथ।
फिर भी कानून देता इन्हीं का साथ।

❀❀❀

54

आत्मा की पुकार

थी अभी मैं नन्ही कली
बनने वाली थी पत्नी किसी की।
थी बनने वाली बहु किसी आंगन की।
लेकिन उससे पहले चढ़ा दी बेमौत घिनौनी शुली।

नही रही अब मैं मेरी आत्मा कर रही है पुकार।
सजा दो सबको क्योकि सब है मेरे गुनहगार।
चीखी मैने चिल्लायी मैने, किसी ने नही सूनी मेरी पुकार
हर सजा मे हैं सब समान का भागीदार।

मैं देख रही हूँ सब, देखकर दिल दुखती है मेरी।
जिस कानून पर नाज था मुझे कल तक।

नही कर पाई कुछ भी, वह कानून अब तक।
नही मिल जाता है गुनाहगारों को मौत की सजा जब तक।
नही छोडूगी मै, तड़फाऊँगी तब तक।

मै काल बनकर मँडराऊँगी।
बारी-बारी सबको तड़पाऊँगी।
नहीं किसी को मैं छोडूगी।
जब तक नही मिलती मुझे इंसाफ मैं नही किसी को चैन
से जीने दूँगी।

❀❀❀

55

निराशा मत होना

काल के मुहँ में जाने से डरना।
होना न दुःखी, नही करना।
होने लगे दुखी तो लोगों को पहचानना।
डरना स्वभाविक है, पर तुम न डरना।

करता है जुल्म तो करने दो उसको।
नन्ही छोटी कली काटता है तो काटने दो उसको
आग की लपटे निःसदेश जलाएगें उसको।
बस में रखो मन का आपा मत खोओ।

दिन बीत गया तो क्या रात की काली अंधेर बाकी है।
कानून की सजा कट गई तो क्या कुदरत की सजा अभी बाकी है।

सज्जनता का वरदान है उसका हर रास्ता सुमार्ग है।
दूजर्न का श्राप उसका हर रास्ता कुमार्ग है।
जिस आग को बनाया है, वही आग उसे जलाऐगा।
मौत भी इतना आसान नही, मौत भी उसे धुतकारेगा।

❀❀❀

56

कल की दिल्ली

कुछ दिन और हैं दिल्ली की धरती को सहना।
कुछ और वर्ष हैं धरती पर रहना।

दिल्ली की बढ़ती जनसंख्या कर रही है शोर ।
उपलब्धी, संसाधन और सुविधाएं, देंगीं दम तोड़।
भविष्य में समस्या और चुनौतियां होंगीं हर ओर।
चल रही जनसंख्या की गाड़ी दिल्ली की तरह रही है मोर।

लगता है ऐसा, होगें अण्डरग्रॉउन्ड में कौलोनियां सिफ्ट।
यमुना के ऊपर दिखेगा (लटकता हैगिंग) फ्लैट और लिफ्ट

पीने का पानी सोने के भाव मिलेगा कल।
ऑक्सीजन भी पाउच में मिलेगा अब।

बच्चों के मैदान बीते दिन बनकर रह जाएगी।
फल-सब्जियां अब खेतों मे नही बल्की फैक्ट्रीयों में दिखेगी ?

अब सड़क तो सड़क आसमान मे भी लगेगा जाम।
मशीनी दुनिया में घिसेगी जनता आम
हाथ रहेंगें दोनों पर नही रहेंगे कोई काम।

जब नही रहेगा कोई काम
तो -क्या सुबह क्या शाम,
बस जपना है राम-राम
यही है दिल्ली की तकदीर
यही है दिल्ली की भविष्य

❀❀❀

57

आतंकवाद का साया

मंडरा रहा आतंक का साया
नही बचेगा इससे जग सारा
न जाने कब कौन मारा जाए
कब किसे हरण कर ले जाए

आज आतंक फैलने के कारण तीन
पहला है बेराजगारी, भ्रष्टाचारी और है एक भूख
लेती है यह आतंक दुनिया को शोख
नही रह सकते यहां कोई सुरक्षित लोग

बन जाता इससे अशांति का सम्राज्य
नही रह सकता है कोई यहाँ स्वराज
करो आतंक का अभी पहचान
दुर करो यह आतंक का नाम

स्वतंत्रता है हमारा जन्मसिद्ध अधिकार
नही छोड़गें इनके जीते-हार
आतंकवाद को खत्म करना है।
दुनिया को आतंक मुक्त बनाना है।

✿✿✿

58

बता ऐ मेरे साथी

कितने गाठें खुली हैं, हैं और कितने बाकी
बता ए मेरे साथी.........................।
ये हैं नही चुड़ियां, है समाज कि हथकड़ियाँ
पायल कि आड़ में है पैरों में बेड़ियाँ
आँखो के सपने को आँसू के धार ने खंगारा
गले कि हार ने, फाँसी का फंदा है लगाया

नाक छिला, कान छिला, उसमें दिया है नाथ बाँधी
कितने गाँठ खुली हैं, हैं और कितने बाकी
बता ए मेरे साथी ....।

ये बिंदिया नही, लगाया है कंलक का मुहर
ऊँची उड़ान का सपना हो गया चूर, पड़ी हूँ खाकर ठोकर

घूँघट कि आड़ ने किया जिन्दगी अंधेरा
आशा है करे कोई बन्धन तोड़ इसको सवेरा

दिन की रोशनी को देखने भी नही देता, आसुओं कि झिलमिलाहट
रात को सोने भी नही देता, भयानक आहट

डर है मांग का लाली सिंदूर, कही रंग न जाएँ खून से
कोई आएँ तोड़े ईस बंधन को, भाग जाना चाहता हूँ यहाँ से

होना चाहती हूँ आजाद, कटवा दो इस बंधन और कड़ी
कितने गाठें खुली हैं, हैं और कितने बाकी
बता ए मेरे साथी.....................।

❀❀❀

59

दहेज प्रथा

है दहेज प्रथा एक गंभीर समस्या
इससे होती हैं अनेक लड़ाईयाँ
समाज में होता कई बुराईयाँ।
दहेज है एक कुआ सी गहराईयाँ।

कन्या को देते अयोग्य वर को सौप
वह दिखाता है दहेज का खौंफ
होते हैं कुछ पैसों कि लालच
कर देते बेटी की आफत

दहेज के दुष्परिणाम हैं अनेक
माता-पिता देते वर को बेच
जाते हैं मानव सभ्यता को भूल
करते हैं लड़की को आत्महत्या पर मजबूर

दहेज रोकने का है अच्छा उपाय
हो लड़की खुद पर आश्रय
युवक-युवतियाँ हों खुद पर जाग्रित
तभी हटेगा दहेज एक काला शाक्ति।।

60

धधकती ज्वाला

ऐ मनुज है तुझमे इतना धंमड किस लिए।
है दो वक्त का किनारा अखण्ड इसलिए।
मत भूल बीच तेज धार,

बहा ले जाएगा इतना दूर,
न रहेगा अस्तित्व, हो जाएगा नास्तिक विलय।
ये बिनशोर तेरे जीवण का होगा महा प्रलय।
तेज घूप तेरा राह दिखाता,

देख कैसे तुझे आँख में चुभता, जलाता।
ये नीर जल प्यास बुझाता
देख कैसे तुझे, हाथ रहते पतवार,
साथ नौका पाताल दिखाता।

तू एक गर्जता बादल, करता कोयल सा मुकाबला
बर्षात् कहाँ तेरे नसीब में,
देख मुसलाधार नीर में, तु एक कैद हवाला
है तेरे सारे सुख तेरे करीब में,
पर पास नही है, कोई न है तेरा जमाना।

अब कर ठहर कर एक मिनट अपना आकंलन
क्या कसक रह गया था, तेरे सुकर्म या कुकर्म मे
दिखया तुने कोई पराक्रम ।

एक दीया सा कही रात का अंधेरा दूर करता।
एक बर्षात् न जाने कितनी सुखी तालाबे का भरता।
अब तू एक बार सोच, कर, खुद में आँकलन।
तू सोए को कितना जगाता, उठाता
या सोए का हमेशा के लिए सुलाता।

देख सोचकर है तुझमें कितना खामी।
या बन गया कर के नामी- गामी।
था कल तक दिन तेरा राता तेरा।
अब वही हो चला, तेरे पर बन कर काल हावी।

मत कर कभी ऐसा कर्म ऐ नाष्तिक
होना पड़े, जाने मिले कही, पराश्रित।

❀❀❀

कृष्ण कुणाल झा

61

धर्म है क्या ?

ढुंढता फिरु मैं दर-बदर
कभी इस दर-कभी उस दर
जानने की अभिलाषा चरम पर
सीखने की चाह 'धर्म'
क्या है मजहब जाति,
और उसका अपना रब।

कहीं फूलों की बौछार
कहता मेरा अपना भगवान
तो कही चादर के अन्दर कौन
देखता चलता कोई भी करता प्रणाम
अंधेरा है गरीबों की झोपड़ी
परंतु है कही मोमबती गुंथा, चर्च प्रकाशमान

किसी के मन में आस्था आपार
तो कहीं उसी का हो रहा, व्यापार
क्या यही है धर्म, भक्ति अपरमपार
गरीब भीखारी, लिए हाथों में कटोरा थाली
माँग रहा, भूख न जाने कब से
बदन सर्द से कप कपा रहा, पेट है खाली
देने वाला भी देता सिर्फ सिक्का
बिन माँगे चढ़ता भगवान के आगे,
जैसे भगवान माँग रहे हों इनसे भिक्षा

होना चाहिए जिसके लिए
है नही उपर चढ़ने की भी ईजाजत उसे
कहता हूँ मै धर्मात्मा, धर्म का प्रचारक
लिए हाथ में, दूध का लोटा
लम्बी कतार में,
जैसे पिलाकर ही जाएगा वो भाले को
अपने हाथों से,

बच्चा उनका भूखा बैठा है कतार में कब से
पिला दे दूध जाकर उसको,
देगा बहुत आशीर्वाद प्रसाद में।

❀❀❀

कृष्ण कुणाल झा

62

जन आंदोलन

जन आंदोलन हुँकार गर्जन।
कुछ बीच दबा हुआ मर्दन।
रह-रह आंसु संग खून की धार।
तो कहीं चला तीर व तलवार।

सागर सा विस्तार धरा पड़ा
कुआँ सा खाई लाशों से भरा
तीर कमान छोड़ चला अब
तुनीर उड़ चला छोड़ ऊँचा नभ

शीश गर्दन उपर नहीं कहीं
हाथ साथ तलवार नीचा गिरा वही
थमी है आंधी पर खून से
है फिर भी धुआं उठ रहा गुरूर से

है क्या नास्तिक पहर का कारण
सूर्य तेज बीच हो रहा हरण
अति दुर्गंध कहर से सुगंधित
बिन टेमी से उज्जवल प्रज्जवलित

साथ हजार हाथ है लिए खड़ा
उठता सिर्फ चार कंधा साथ चिता
आभूषण कलयुग बीर से सज

चूका धरा।
बंधु भ्राता अग्रज-रिश्ता था
कहीं पुत्र पिता

नही रह गया, कहने को अपनों को आप
ये रिश्ता नही बन चूका है अटल श्राप
क्योंकि अपनों के ऊपर चल रहा तलवार
ऐ मनुज कर विचार है यह पुण्य या पाप
जाना चाहता है दब-लड़ कर बीच परम् धाम
या कुछ करना चाहता है, बचाकर प्राण

❁❁❁

कृष्ण कुणाल झा

63

पीठ पीछे घात

जानता था मैं पहले से यह बात।
लगाकर बैठा है मेरे पीछे कोई घात।
फिर भी मैं निश्चिन्त निर्भय अनजान था
पता नही 'दुर्बल' या फिर सज्जनता का वरदान था

करता रहा मुझ पर लगातार प्रहार
पर मैं कुछ कर न सका
एक लाठी को भी पकड़ न सका
तोड़ दिया अंग-अंग, कमर को
भी संग।

बाद हालत ऐसा, महूसस भी न कर सका
अर्घ प्राण संग छोड़ चला

था जख्म कुछ दिन का मेरा।
बीत गया भर गया धाव।
अवशेष मात्र था उसका पीड़ा
पर वो कहाँ चैन की जिन्दगी पाता।

भटक रहा ईधर-उधर दर-बदर
एक आलम था कितना भला उसका
अब ढूंढता फिर रहा जैसे बंजारा घर।
रक्त के नदी में डुबा पुरा घर
उपर से भी हो रहा ओले का बर्षात्

किया क्यों था तुने पहले ऐसा वर्ताव
जो मिल नही रहा तुझे मुहँ छुपाने का भी पराव

❀❀❀

कृष्ण कुणाल झा

64

प्रेम मिलाप

है तू किस डगर पर ऐ मनुज खफा-खफा
जिन्दगी तेरे लिए या तू जिन्दगी के लिए बना
ऐ मनुज तू बस पहले इतना बता ?
चाहा जिन्दगी तुझे, कॉंट कर दे दिया वक्त का कतरा भी
और किया क्या तुने जिन्दगी के लिए।
एक पल सोच भी नही सका
जिन्दगी है क्या चीज,
पल भर सका नही जी।

गर्ज, फर्ज अदा, अहंकार विराजती तुझ संग
प्रेम मधुर विलय कहीं दूर करके भंग
चल दिया तजकर, एक दुजे का साथ
प्रेम संग करने को घृण, कपट, छल ।

कारण हो भले हजार करने को अंहकार
परंतु तू एक असत्य मापन से कर नही सकता इंकार

गजर्ते बसर्ते बादल आन्दभूत का हिस्सा बन न सका
एक सत्य शुन्य ग्रह अंदर होते हुए महसूस कर न सका
जिन्दगी जिन्द से उपर या अन्दर कुछ पराक्रम दिखा न सका
एक ज्ञान का विलय पतन अंहग, प्रेम सें कर तुझे कितना दूर
ये भी तू कैसे जानेगा ।
है तू मद मदिरा नशे का आदि व चूर।

भूल गया तू अहंग के समक्ष
तेरा क्या प्रेम ही हो चला तुझसे विपक्ष
शांत चित मन सन्नाटा कारण
प्रेम मे होने को शुन्य,
खोने को एक दुजे के प्रत्यक्ष

है नही तू अपने वश मे यह भी मैं मानता हूँ।
नष्ट कर चुका पहले ही आनन्द भूत-कों,
यह भी मैं अच्छी तरह जानता हूँ।

❁❁❁

65

जग बंजारा

जग बंजारा
सूना धरती, उपर अंगारा
तले तलबे धिसके सारा
सावन झड़-झड़ आग फुहारा
कड़के बिजली बादल नारा
कहे वर्षो बाद है आना
जग बंजारा
स्थिर लहर, अन्दर हलचल
शांत चिड़िया, सूना जंगल
पावन धरती, पाताल विचारे
कही दुर संगम सागर पुकारे
हूँ मै कब से सुखा पड़ा
कुदरत बिगरा, जन हारा
जग बंजारा
रात दिन, वक्त कुदरत बिन
गरिमत, रहा फिर भी रहा कली खिल
सुबह ताजगी झिलमिल-झिलमिल
और है गरिमत हो रहा संवेरा

जग बंजारा
शिश लहलहाता खेत कहाँ
वो बीत गया लगता है जहाँ
लत्तिजों का लटकन
हो गया वर्षों गुजरा
ये ठंड करकराते कोहरा
या कोई बारूदी धुआं गर्दा
जग बंजारा

❁❁❁

संबंध

रिश्ते-नाते एक ऐसी माला है, जिसमें सारी दुनिया फूलों की तरह गुंथी हुई है। माता-पिता अपनी संतान के संबंध में, भाई-बहन के संबंध में, दादा-दादी अपने पोते-पोती के संबंध में, गुरू शिष्य के संबंध में, पड़ोसी, पड़ोसी के संबंध में, दोस्त, दोस्ती के संबंध में, देश, पड़ोसी देशों के संबंध में, रिश्ते, नातों के संबंध में, पति-पत्नी के संबंध में भगवान, भक्त का संबंध और न जाने कितने ही संबंध से हम घिरे हुए है, और सारे संबंध हमारी एकता है। जीवन अकेला कुछ नहीं है। जीवन जीने का स्वाद अपनो के साथ ही आता है।

संबंध एक ऐसा जाल है जिससे कोई अछूता नहीं है, इसी जाल में हर किसी को फँसना पड़ता है। कोई यह कह नहीं सकता कि मेरा कोई नहीं है। यदि कोई नहीं, तो सारा अचर हमारे, भाई है, बहन है, माता-पिता, दोस्त है।

संबंध समुन्द्र से भी गहरा आसमा से ऊँचा, विश्व सा फैला विशाल है। जिसका कोई आदि है न अंत, हम कहाँ से रिश्ते को गिनना शुरू और कहाँ जाकर खत्म करे, पूरा ब्रह्माण्ड ही किसी न किसी बंधन की डोर में बंधा हुआ है।

हर संबंध खुद में महत्त्वपूर्ण है यदि माता-पिता का सहयोग न होता तो कदापि इस धरती पर हम नहीं आते, यदि गुरू का संबंध नहीं होता तो हमारा जीवन अंधेरे में रह जाता, भाई-बहन का संबंध अनोखा होता है। जीवन में दोस्तों का सहयोग। देशों के बीच का संबंध, भक्त भगवान से पवित्र संबंध, हर संबंध खुद में बड़े मायने रखता है, और जीवन जीने में उत्साह, उमंग का संचार करता है। जीवन जीने में गति प्रदान करता है। रिश्तों की जमा पूँजी को जो हमने बनाया है, हम को ही उसे सहेज कर रखना है।

संबंध कच्चे धागे की तरह नाजुक होता है, खीचाव में वह टूट भी सकता है। संबंध एक नव पौधे की तरह है, यदि उसको प्यार रूपी पानी से नहीं सींचा गया तो वो वहीं सुख जाएँगा, मुरझा जाएगा।

संबंध का असली मतलब वो समझा सकता है, जिसका अपना भाई चाहे बहन, माता चाहे पिता रिश्तों की डोरी से कोई एक न हो, क्या होता है, हर रिश्ते का अपना-अपना महत्व है।

कुछ संबंधों की गहराई भाँपना आवश्यक है पहला माता-पिता और गुरु-शिष्य संबंध जीवन में सबसे ज्यादा मायने रखता है इन्हीं दो पहियों के सहारे हम दुनिया कि सैर कर पाते हैं, जग को समझ पाते हैं।

माता पिता जिसने हमे जन्म दिया हम पर, उपकार किया, धरती से बड़ा माता और आकाश से विशाल पिता, जिसकी छाव हमेशा हमारी रक्षा करता है, धरती हमेशा गोद में खिलाती है, और पिता आकाश यानि वृक्ष जो हमेशा ग्रीष्म-शीत वर्षा से बचाते है।

इसी तरह गुरु जो हमारे जीवन का अंधेरा-उजाले की तरफ ले जाते है। सात सुरो का गहान बनाकर जीवन को सुरीला बनाते है, जो ज्ञान चक्षु को खोल जग का दर्शन कराते, स्नेह का भाव सिखाते है, इस जग अचर में विचरते मन को शांत कर मस्तिक ज्ञान दीप जलाते हैं जो लाकर उस पथ पर इच्छा शक्ति को बढ़ाते है। हमे हर असलियत से रूबरू कराते हैं, बज्र, पानी, प्रकोप क्रोध से जो बचना सिखाते हैं। हर कुटनीति से निपटना सिखाते हैं। जो मातृभूमि को माता भाव जगाते हैं। जो संभवतः हर शब्द का गहन बसाकर जीवन का विश्लेषण, शोध कराते हैं। जो मंगल टीका लगा शिष्य को विजय होने का आशीर्वाद देते हैं। हम उन गुरू को नकमस्तक प्रणाम करते हैं। उन्हें कोटि-कोटि प्रणाम करते हैं।

अपनों के साथ

जिन्दगी में अपनों के साथ एक पल बिताया नहीं
जो है अपने पास उसका कद्र कभी जाना नही
कभी किसी का सर का साया बना नही
एक गिरा हुआ को कभी संभाला नही
कभी अपनो को भी प्यार से गले लगाया नहीं।

क्या जिन्दगी जीना इसी का नाम है
मलतब बदल रहा है, रहा है सोच बदल
और है पीढी की दिशा बदल
मतलबी हो गए हैं लोग जीते हैं बस खुद के लिए
खाई सा है संसार इसके लिए

जो आनंद है दुसरों को मिला अपनो को संग
लगता है ऐसा हो रोज दिवाली होली के रंग
एक इंसान जीतना चाहता है हर दिशा से खुद को
प्रोत्साहन उमंग का रास्ता है अपनो के संग।।

कोशिश का परिणाम है संग
अपनो के संग है अनमोल पूँजी
कायनात की सबसे बड़ी ऊँची खुशी ।।

जान सकता है वहीं मतलब अपनो का संग का
जो पाकर बिछड़ गया हो अपनो से।।

67

भाई-बहन का प्यार

बड़े भाग्यवान होते हैं वो भाई
जिसके सर पर होता है बहन का हाथ
जीवन के प्रत्येक क्षण-पल
होता एक दूसरे का हमेशा-साथ
और जीवन भर होता है प्यार का आस।।

एक बंधन बांध रक्षा का, कर लेती अपना
हर एक प्यार-ममता भरी आँखो में
सदैव रहता प्यार पनपता।
है नही बहन जाकर पूछो उन से
क्या कहता है या है तड़पता।।

ये रिश्ता है अमृत, बंधन है माला।
नित्य सुगंधित पुष्प, जो गुंथा हुआ हार
करवाहट नहीं कराती मिठास सा आभाष हर बार।
रहती चिंतीत खुद से ज्यादा
कैसे फूले-फले भाई हमारा
कभी हो भी जाएँ तकरार
आए हमेशा प्यार से मनाने हर बार।।

सोचता हूँ अक्सर होती नहीं यदि ये रिश्ता हमारा
कितना अधूरा होता मै
यदि होती नही तुम तो कौन फटकारता,
जग में हर बंधन है जरूरी
हर समय तुने ही तो सँवारा।।
मेरी प्यारी बहना तुम्हारा क्या कहना

❋❋❋

68

प्यार या ममता

किसका पलड़ा भाड़ी
जिसने जन्म दिया या,
पाला जिन्दगी सारी
या बनाया जिन्दगी हमारा

शब्द बड़ा, खोज नही पाया
इस उलझन को कोई नही पाया
ममता बड़ा या प्यार
या वो जो दिया सर पर छाया
या, वो जो जिन्दगी मे लाया

किसका पलड़ा भाड़ी, जिसने जन्म दिया
या पाला जिन्दगी सारा, बनाया जिन्दगी हमारा

सोया था उठाया जिसने
या के जिसने प्रकाश दिखाया
हर मुश्किल से उबाड़ा जिसने
या वो जो मुश्किल से लड़ना सिखया
जिसने रास्ता है दिखाया या
वो जो मंजिल तक पहूँचाया

दोनो स्थिति मे कौन बड़ा
या वो दोनो बराबर
जरा खुद का करे आकलन
जरा सोचे इस पर

किसका पलड़ा भाड़ी, जिसने जन्म दिया
या पाला जिन्दगी सारा, बनाया जिन्दगी हमारा।

69

ममता की माँ

माँ जब तेरी आँचल मुझ पर पड़ता है
माँ तब मुझे सुकून की सास मिलता है
सोचता हूँ मै, जब तू नही होती
तो फिर मेरा क्या होता

माँ दो मुझे वचन
जब तक हूँ मै, तब तक रहोगी तुम
खुन दी है तो खुन का लाज रखना माँ
हर गलत काम से मुझे बचाना माँ

ममता का हाथ सदा मुझ पर रखना माँ।
कभी भी अपने से दूर मत करना माँ।
रखना हमेशा अपना आँचल में छुपाकर माँ।
बचाना हमेशा बुरी नजर से तु माँ।

जानता है वो माँ का मतलब।
जिसके पास हो ना माँ।
अपने आँचल के छाव में सदा
छुपाकर रखना माँ।

कठिनाईयों की परिस्थिति से सदा मुझे उबाड़ना माँ।
हर सही रास्ता मुझे दिखाना माँ।
कहते हैं लोग भगवान नही होते इस धरती पर।
लेकिन तू ही तो है, मेरी जननी माँ।

खून से सीचा प्यारा से पाला तू।
एक बार मुझे भी साकार करने का मौका दे तू।
सच कहता हूँ अपना प्राण देकर तुझे बचाऊँगा माँ।

भगवान से भी बढ़कर है तू माँ।
हर घर मे खुशी बिखराती माँ।
बस एक उपकार मुझ पर करना माँ।
होना नही कभी नाराज मुझसे माँ।

अरबो-खरबो का कर्ज चुक जाएगा माँ।
लेकिन तेरी प्यार, ममता का कर्ज नही चुक सकता माँ।
मेरी सारी जिन्दगी तुझ पर कुर्बान माँ।
कोटी-कोटी तुझे प्रणाम माँ।

❋❋❋

70

मैं सोम सुत इस आगँन की

मैं सोम सुत इस आँगन की
जन्मा पला बढ़ा हुआ बड़ा
कहती माँ,-मुट्ठी भर दाना
और तुने खाया क्या

मुझपर उपकार उस प्रांगण की
मै सोम सुत इस आँगन की

हठ जिद फिदरत था मेरा करना
न जाने मैं तुमको कितना दुःख पहुचाया
धम-धम तुझ पर, मचाया शोर
दिन से दोपहर शाम किया, तुझ पर भोर

गोद खेला तेरा मै, गागर की
मै सोम सुत इस आँगन की

हुआ क्या, लिपटा तुझ संग
तु मेरी माता, रूप रंग
समझ आता नही कहूँ क्या,
मै जो तु इतना प्यार दिया

तेरा हृदय संपूर्ण सागर सी
मै सोम सुत इस आँगन की

❁❁❁

71

कर के सोलह श्रृंगार

कर के सोलह श्रृंगार
चली बेटी अपनी ससुराल
अनजान, नाखबर है
होगा कल क्या इसके साथ
चली बेटी, छोड़ बाबूल का हाथ।

करके सोलह श्रृंगार
चली बेटी अपनी ससुराल

हंसी मुख पर था जो कल तक
क्या होगा कल भी ऐसा
थी आजाद पक्षी कल तक
क्या रहेगी कल भी ऐसा

जो मनमानी था मन की कल तक
क्या रहेगी कल भी ऐसा

मन कह रहा था इसके विपरीत
कह रहा था पायल की आवाज और,
हाथों की कंगना।
तुझे तो है इस बेड़ी, हथकड़ी मे बंधना
क्या आजाद क्या आजादी
तुम्हे तो है चार दीवारी मे कैद रहना ।
मन का मानी कहा, हर प्रताड़न है तुझे सहना

यही है दिल का कहना
ख्वाब-ख्वाब ही रहे
हो न किसी के साथ ऐसा दुर्व्यवहार
करके सोलह श्रृंगार
चली बेटी अपनी ससुराल
चली बेटी छोड़ बाबूल के हाथ का साथ

❃❃❃

72

हम उन गुरू की महिमा गाते हैं

हम उन गुरू की महिमा गाते हैं
शिक्षा देकर जो मनुष्य बनाते हैं
सात सुरो का गहन बनाकर
भविष्य सुर से सजाते हैं
ज्ञान-चक्षु जगाकर
दिल स्नेह कर्तव्य सिखाते हैं
हम उन गुरू की महिमा गाते हैं।।

झड़-झड़ तन अंधेर विचरत मन
कर शांत कई सात प्रश्न गण
क्या जाति कोटि भेद अभेद वरण
मस्तिष्क ज्ञान दीप जलाते हैं
कर संभवतः प्रत्येक अज्ञान हरण
और करने की प्रेरणा जगाते हैं
हम उन गुरू की महिमा गाते हैं

जो लाकर उस पथ पर
है तु मनुष्य इच्छा शक्ति जगाकर
शंति-शंति भेद बताते हैं
पेड़ हैं ये, हो तुम कल की जड़
मंजिल पास खड़ा कर
जन्म कर्त्तव्य धरा से जोड़ सिखाते हैं
हम उन गुरूओं की महिम गाते हैं।।

कड़क-कड़क बिजली ब्रज से
बचाना और बचना सिखाते हैं
समाज के हर कोप-प्रकोप से
राजनीति -कुटनीति और क्रोध से
हर विपदा निपटान सिखाते हैं
जो धरती को माता भाव जगाते हैं
हम उन गुरूओं की महिमा गाते हैं।।

शब्द 'अर्थ-निरर्थ' क्रूर व क्रोध'
कर जीवन विश्लेषण हर पहल शोध
कराते हैं सुधा रश का अमृत बोध
जो मार्ग निपटाना सिखाते हैं
जो कराते शिष्य से अन्य आशा प्रतिरोध
हर मंगल विजय मस्तटीका लगाते हैं
हम उन गुरूओं की महिमा गाते हैं
जो शिष्य तृष्णा आसमा पर सजाते हैं
हम उन गुरूओं को सत्-सत् नमन करते हैं।।

❀❀❀

शिक्षक - एक ज्ञान प्रदत्त

था आधा अधूरा कल तक
जब तक मिला नही था ज्ञान
आकर सरस्वती रूप शिक्षक ने
किये दूर वो नस्वर अज्ञान
था कल तक जीवन अंधेरा
उसमे तिमिर प्रकाश भरकर
धीरे-धीरे जीवन मे किया संवेरा

हे गुरू क्या दूँ मै आपको उपहार
जो इस मिट्टी को तपाकर मुर्ति का रूप दिया
कैसे चुकाऊँगा मै इसका उपकार
कितना कुछ नही सहा
फिर भी हर-पल बढ़ाया, सिखाया, सराहा, हरबार
हे गुरू क्या दू मै आपको उपहार

माँ-बाप से बढ़कर आए हैं हमारे जिन्दगी में
कितना पीड़ा उठाया हमें लेकर
फिर भी कभी साथ नही छोड़ा राहों में
पार लगाया हर भंवर आपने ही तो हरबार
हे गुरू क्या दूँ मै आपको उपहार

जितनी भी बखान करू आपकी कम है
ये जिन्दगी आप ही के नाम है
ये सारी जिन्दगी आप पर कुर्बान
हे गुरू आपको कोटी-कोटी प्रणाम।

जीवन

जीवन के बारे में विलियम सेक्सपियर ने कहा था की जिन्दगी एक रंगमंच है और हम लोग इस रंगमंच के कलाकार। जीवन की परिभाषा हर इंसान के जहन में अलग-अलग है। कोई कहता है जीवन एक खेल है, तो कोई कहता है ईश्वर पदत्त उपहार और किसी की नजर में जीवन यात्रा है तो कोई कहता है जीवन दौड़ है, जो जितना तेज भागेगा उतना ही आगे रहेगा। जीवन जीने का तरीका, देखने का नजरिया, सोचने का अंदाज अलग-अलग हो सकता है, परंतु जीवन एक फूल के समान कोमल एवं खुशबू से मदहोश है, इसको जितना अनुभव करें उतना कम है।

जीवन प्रेम युक्त माला है, जिसमें समाज से देश और देश से विश्व से जोड़कर देखा जाना चाहिए। जीवन सदैव चलते रहने का नाम है। जीवन सिर्फ जीने के लिए नहीं होता बल्कि उससे हम खुद को जितना प्रेरित करते हैं हम जीवण के उतने ही पास जाते हैं। राह कठिन हो चाहे राह ही न हो, मंजिल दूर हो चाहे मंजिल ही न हो जीवन के साथ-साथ चलने से हर असंभव संभव हो जाता है। जीवन एक कला है खुद को परखने का कि हम कहाँ हैं? कौन हैं? इस धरती पर हम क्यों आएं हैं? यदि हमे ईश्वर ने हमें धरती के लायक समझा तभी हमे यहाँ भेजा है। यदि भेंजे हैं तो हमारा कर्म क्या है? जिस कार्य के लिए हमे भेजा गया है क्या हम वो कार्य पूर्ण सिद्दत से कर रहे हैं? या नहीं क्योंकि इंसान से गलती हो सकता है परंतु परमात्मा से नहीं वो जो भी करते सोच समझकर करते हैं। यदि हमें उन्होंने भेजा है तो अवश्य ही इस धरती पर मुझसे कुछ करवाना चाहते हैं।

जीवन की सार्थकता जीवन जीने से कहीं गुणा-ज्यादा जीवन को परखने में है। हम क्या सोचते हैं? क्या करते हैं। मानते हैं हम बेहतर परंतु बेहतर को बेहतर बनाना जीवन का प्रथम पहल होना चाहिए। जिन्दगी बहुत कुछ सिखाती है। जीवन को हमेशा अच्छाई के लिए प्रेरित करना चाहिए। जीवन प्राण है और प्राण आत्मा, आत्मा सीधा परमात्मा के संपर्क में रहता है और परमात्मा को जितना हम खोजेंगे, तलाशेंगे प्रश्न करेंगे उतना ही वो उत्तर देने पर विवश होंगे और परमात्मा हमेशा सच्ची राह दिखाने में मदद करेंगे।

जीवन एक ऐसी साधना है जिसमें हर जीवन को साधक बनना पड़ता है जो इस तप से निकलता है वही जीवन के असली गुण को पहचान पाते हैं। और कुछ उसी तप में तपकर बुराई से खुद को जला लेता है।

जीवन मृत्यु पर ही नहीं खत्म होता है, जीवन अनंत प्रकाश ही तरह अमर है। एक जीवन से दूसरा, दूसरा से तीसरा इसी तरह चलता रहता है इंसान तो एक जीवन से दूसरे जीवन में प्रवेश के लिए सिर्फ अपना फटा पुराना शरीर रूपी वस्त्र बदलता परंतु आत्मा कभी नहीं बदलती है। वो सदैव एक भांति प्रज्जवलित दीपक की लॉ की तरह सतत् जलती एवं चलती रहती है।

जीवन द्वेश, अहंग, मोह-काम-वासना से परेय एक अलग दुनिया की यात्रा करवाती है। हाँ, यदि वो जीवन सार्थ हो। जीवन सिर्फ ऊँची सफलता का नाम नहीं है। जहाँ पहुचकर हम खुद को भी भूल जाएँ। जीवन में सार्थकता परम् आवश्यक है। सार्थकता ही जीवण के मूल्यों में स्वाद भरती है।

जीवन में कुछ असाधारण तथ्य भी शामिल हैं। जीवन का कोई अपनी रूपरेखा नहीं है। कोई थोड़े में भी बहुत खुश है तो कोई बहुत कुछ पाकर भी दुःखी है। जीवन संस्कार है, जितना हम खुद को नम्रतापूर्वक देखते हैं उतना हमारे प्रति हमारा जीवन विनम्र होता है। जीवन एक ऐसी बाग है जहाँ भांति-भांति के फूल खिले हैं सुगंधित, कोमल, मुलायम और उन फूलों की टहनियों पर काँटे भी हैं। जिन्दगी इसी का नाम है अब हम पर निर्भर करता है कि हम क्या चुनते हैं सुंगधित फूल या टहनी पर लदे काँटे।

जीवन हमेशा दो राहों से होकर चलती हैं, हम पर निर्भर करता है, हमारे कर्म पर निर्भर करता है हम कौन से राहे चुने।

जीवन एहसास है खुद को परखने का, देखने का जिन्दगी गुलजार है, जीवन से सुन्दर और कोई वस्तु नहीं, क्योंकि जीवन से ही वस्तु है वस्तुतः हर सुःख हम भोग सकते हैं। इस जीवन को हम जितना चाहे उतना कम है। जिन्दगी का कर्ज कोई नहीं उतार सकता। जिन्दगी की एक ही शर्त है कि हम जिन्दगी से खूब प्यार करें सम्मान करें। जीवन वाकई बहुत खुबसूरत है।

74

जीवन की संभावना

किस कदर मेरे जीवन में एक उल्लास था
हँसी थोड़ा, थोड़ा बढने का भी आस था
आया एसा क्षण एक मेरे जीवन में,
हर आफत का उपमा ओले सा वर्षात था

गतिहीन हो चला पथ का पहियाँ व रथ
कही चलने का ख्वाहिश हो गया गत
एक नजर से हर संभव हो चला धुंधला
छोड़ चला था बीते जीवन जैसे सपना

नफरत सी आग मन को बेचैन करता।
जीने के लिए हर राहत आफत था
सीमा था क्या अब सिर्फ असिमितता
जाना है अब कहाँ पता नही था।

था जो भी कुछ एक एहसास
करू व फिर जो किया था पहले प्रयास
जिन्दगी यूँ ही बीत जाएगी सोच सोचकर
आगे बढ़ूं फिर बीच का क्षण छोड़कर

मिला भी चल कर आगे, एक नया आयाम
एक नया कृति, यश किया स्थापित कायम
मिल ही जाता है वो हर मंजिल
हो यदि मन मे पूर्ण विश्वास, प्रयास
इस कद्र मेरे जीवण मे फिर से आया
एक नया उल्लास, उत्साह।।

75

ये खामोश सी जिन्दगी

ये खामोश सी जिंदगी
कह रही खामोशी भड़ी
जवाब नही, पर
है जवाब तलाश रही।।

आया हूँ मैं क्यों इस धरती पर
क्या है यही सत्य मेरा घर
क्या और क्यूँ यहां रहना है मेरा सही ?
ये खामोश सी जिंदगी
कह रही खमोशी भड़ी।।

बड़ा सहज है सवाल
खामोशी से कुछ कर रही विचार
क्यों रात है हमारे लिए ?
यू दिन में सूरज क्या करता प्रचार
शायं काल क्यों बना हमारे लिए
क्या हम है इसका असली हकदार ?
क्या हमारे लिए बनी है सारी धरती ?
ये खामोशि सी जिंदगी
कह रही खामोशी भड़ी।।

सूर्य रोशनी देख झिलमिला उठता हूँ
चाँद को देखकर नजर नही मिला पाता हूँ

असंख्य लाखों तारे मुझसे कहने लगते हैं
क्यों है तू यहाँ ?

क्यों तेरे लिए बनाए ये रात
ये होता क्यूँ है मेरे साथ
बता अब बता तू कुछ बात
कहती है धरती मुझपे पग रखना क्या है तेरा उचित
और कहता है सारा जहाँ समुचित
झर-झर झरना पूछता है मुझसे
क्या है हक तेरा मुझपर अर्जित

हवा कतरा रहा
बाग देख मुझे मुरझा रहा
कोयल मोर पपीहा सन्नाटा पसरा
यही होते-होते बीत गया बचपन आ गया जवानी
और कह रहा गर्मी, बर्षात, सर्दी
ये खामोश सी जिंदगी
कह रही खामोशी भरी।।

ये सर पर सहज सवाल
फिर-रहा हूँ दर-दर जनाब

एक शख्स नहीं मिला अब तक
जो दे सके इन सवालों के जवाब।।

क्यों आया हूँ मैं यहाँ
और है क्या मेरा काम
चिल्ला रहा खामोशी-सी
ये खामोश सी जिदंगी
कह रही खोमोश भरी

❀❀❀

76

यू जिन्दगी कटता नहीं

यू जिन्दगी कटता नहीं
साहिल जब साथ होता नहीं
दरकिनार तो जिन्दगी से हटने का नाम है
यू लहर से डटे रहने का नहीं

लहर है तेज तो हुआ क्या
हाथ पतवार नहीं तो हुआ क्या
रख विश्वास अपने बाहुबल पर
तैरना तुझे नहीं आता क्या

यदि डूब भी गया इस अनंत सागर में
मिलेगा बहुत अनहद रत्न, गहराई मापने से,
तकदीर में रखा क्या है
बदल सकता है सहिल को
ही दरकिनार कर देने से
गर्जना भर अपने हौसलें से

मत सोच हार जाऊँगा मैं
जीतता भी तो कोई है
कहीं ऊँचाई पहाड़
तो कहीं है गहरी खाई
हौसला रख हो जाएगा हर असंभव पार
मेरे दोस्त मेरे भाई

❀❀❀

77

जीवन की छलांग

ये जिन्दगी कहीं से आया
शाम से सीधा सुबह पहुँचा दिया मुझको बतलाओ
देखना था मुझको टिमटिमाते तारों के बीच
अपना सुनहरा सपना

देखना चाहता हूँ कैसे जमाता है चाँद
अपनी चौधरी
कैसे होती है पूर्णिमा कि राज दूधिया रौशनी
वह ठंड सन्न कड़कड़ाती रातें
और वो सावन की भींगी बरसाते

होती है क्या-क्या रातों की गस्ती
कहते हैं लोग ऊपर तारा नीचे जुगनी
देखना चाहता हूँ, अद्भूत कुदरत की निशानी
नींद की सतह लगता होता कैसे रातों में
दूध सा उजला सुना है बातों में

जिंदगी में सब कुछ देखा मैंने
छोड़ रातों की परछाई
अब कुछ और हसरत नहीं
बस खोल दे एक पल के लिए मेरी आँख
इन चाँदनी भरी रातों में
इन मोती भरी बाँहों में

❀❀❀

78

उखड़ा जीवन

ये जिन्दगी उखड़ चला जमीन से,
कब का अस्तित्व विहीन हवा से,
गरज मेघों कि लपट आँधी तक
मुसलाधार वारिष बहा चला जमी से।

रोज यूँ ही चलता था फुटपाथ से होकर
पता था नही आऊँगा फिर कहीं यहीं पर

गलती या गलत भाव से चलता था
या, फिर कुछ होने से पहले डरता था
छोड़ा था मैने भी कुछ लब्ज हवाओं में
गीता या था कोई गीता का उपदेश
देख कर कुछ किताबों कि बात संग्राहलाओं में

चित मन, चिंता कब बन गया शेष
क्या था कारण ?
ज्ञान अहंकार या कुछ बचा द्वेश।

हूँ मैं जहाँ आज सही है या कुछ गलत
था मेरा कुछ पाने का वर्षों से आदत
मिलने का चलन कहीं यहीं से तो नहीं
शायद हो मेरा मौकिल यही न्याय अदालत

पर है मानने को नही तैयार
मेरी जिन्दगी बस चाहता है
करता है हासिलों से ही प्यार।

गर्ज चाहता नही कभी करना
जिन्दगी का एक भी फर्ज अदा
सारे सिकने गिले मुझी से ही क्यों
ऐ जिन्दगी हुआ क्या गलती, मुझे बता

जीवन चल चूका है, मोड़ से बहुत आगे
और तेज, और तेज, गाति भागे-भागे
सीमा कही नहीं परंतु..............फिरभी..............।
अतृप्त मृग तृष्णा प्यास को बुझाने।।

79

जीवन ज्योति नयन हमारा

जीवन ज्योति नयन हमारा
है बिन इसके सब अंधियारा
हर सुख इससे और वैभव
है बिन इसके सब गंवारा

नयन चक्षु नाम तुम्हारा
है तुमसे ये जग उजियारा

न ढलता सूरज शाम उगता न सुबह सवेरा
जीवन ज्योति नयन हमारा

रंगों की पहचान तुमसे
इंद्रधनुषि रंग नभ में
कारण तुम्हारे हर चीज
सौंदर्य, काया सब जग में

सुबह सवेरे सूरज का एहसास
इन नयन चक्षु का आभाष
ये तिमिर या तेज पता कैसे
ये पेड़ हरा-हरियाली होता कैसे

नभ तेरे बिन सूना होता
इस जग में न कोई सोता न जागता

कौन कैसा, कैसे पता
हर जहाँ अँधियारा होता

बिन पानी सागर में गोते लगाता।
जीवन ज्योति नयन हमारा
नयन चक्षु नाम तुम्हारा
जीवन ज्योति नयन हमारा

❁❁❁

80

जिन्दगी पड़ा तेरे सामने

ये सारी जिंदगी पड़ा तेरे सामने
आश लगाए बैठे हैं सब तेरे अपने
कोई कुछ, कोई बहुत, पर कोई है
समझता बेकार बनाया तुझे रब ने
पर मुझे पता है, है तुमने भी देखा कुछ सपने
और पाल रखा है ख्वाब बढ़ने को आगे
बना सकता है कल सबको तू अपना।।

चलना होगा, जीना होगा
है कुछ तुझे संभालना होगा
कुछ अपने, कुछ अपनो के लिए
कर्ज है तुझपर अपनो के लिए
भूल कैसे गया, जीवन है दिया किसका

और जो समझता है तुझको बेकार
दिखाना होगा है मुझ में भी कुछ बात
है मुझमें लगा अश्व और बल, बुद्धि अपार

भाग सकता हूँ अंकुश व गात लगाकर
रथ हूँ सारथी हूँ और हूँ मै ही उस पर सवार

धीरज अंकुश लगा चार दरवाजा पार हो उस पार
ये अपवाद, विवाद मन निश्चल

अपने लक्ष्य को भेद
बहुत बचा है तुझमें शक्ति शेष

धरती और ये गगन तुम्हारा
ये इंद्रधनुष रंग सजाता
सब जग का साथ तुम्हारा
फिर गहन किस बात को
ये राह और मंजिल जब तुम्हारा
कर सकता क्षण भर, में तकदीर से
ग्रहण छटा संवेरा
ऐ इस देश का भाग्य-विधाता

❁❁❁

81

जिन्दगी की तरफ

जिंदगी की तरफ मुड़ गया था कभी
आ गया हूँ मैं किस मोड़ पर अभी
था उतरा समुंद्र में मोती उठाने के बहाने
उबड़ा तो डूब चुका था मेरा अस्तित्व ही कहीं
जिन्दगी के तरफ.........................
आ गया हूँ..........................।।

आशीष या अभिशाप या कहो वरदान
मिला है आज मुझे अपना नया पहचान
था कल तक गड़ा मिट्टी में शाख
उबड़ा तो सही जैसे भी, बनकर या होकर बर्बाद

आज पहचान मुझे अपने नभ मे सभी
आ गया हूँ किस मोड़ पर मैं अभी

गिरता बादल या कड़कती बिजली
सुनाया आभाष, दिखाया राह भी सजी
पर मैं नादान समझ नहीं पाया संदेश
रह गया जाकर कहीं दूर वहीं के वहीं

चलना किया शुरू आगे कुछ दिखाई दिया नहीं
आ गया हूँ मैं किस मोड़ पर अभी

बचा जिस्म रूह कहीं तलक खो गया
साझा न कर पाऊँ मेरे संग वो हुआ
जन्म हुआ, जन्म सिद्ध करने चला था
मगर मैं खुद असिद्ध भी लौट आ न सका

वो सब वो, चल रहा सब मंजिल की
खोज मे तभी
आ गया हूँ मैं किस मोड़ पर अभी

❀❀❀

82

जिन्दगी से कैसा सिकवा

जिन्दगी से मेरा कैसा सिकवा
एक कदम चल नही सकता जिसके सिवा
रात मेरे साथ, दिन मेरे साथ
हर पल हर लम्हा साथ दिया गुजारा
राह चला ठोकर खा मंजिल को भी सराहा
बन कर परछाई, हर वक्त आगे धकेला

रहकर मेरे संग हर दुःख-सुःख मे साथ दिया
किसी का साया नही था, सर पर कल तक
कर दिया फिर से अंधेर को सवेरा
तू आकर मेरे जिन्दगी से लगकर

जिन्दगी अब तुमसे क्या चाहूं
हर लम्हा तुमसे यही कहूँ
साथ देना साथ चलू
अब तू नहीं मैं तेरे संग आगे बढूं
एक दिन, मै कुछ दे सकूं

जिस तरह बागों मे कली से बनती है फूलों कि सौगात
उसी तरह खुद से होकर
तुझे करना चाहता हूँ तुझे प्रख्यात
मौका देना तुम मुझको
कर सकू मैं तेरी जिन्दगी होने को साकार

❀❀❀

83

सिकवा और शिकायत

जिन्दगी से करु मैं सिकवा
जिन्दगी मुझसे कर रही शिकायत
क्यों मैं आया तुझ संग लगकर
क्या दिया तूने मुझे अब तक?

हर रात धुआँ दिया, हर राह कुंआ
तुझे छोड़ एक कदम बढ़ना भी चाहा
अफशोश कही बढ़ भी न पाया
है हर-पल तुझ संग लगे रहना मेरी सजा
जिन्दगी हूँ मैं, यह मेरी कैसी मजबूरी
करते रहना तेरे संग जी हुजुरी
तेरे संग चलना, मिले तो, तेरे संग पाना
ये मेरी कैसी दुःख-दर्द भरी कहानी

तू चले तो मैं चलू, तू हंसे तो मैं हंसू
जिन्दगी हूँ जहाँ तू चले, वहाँ मैं चलू
राह तेरी, मंजिल तेरा, और मेरा कुछ नहीं
शिवाय, तेरे संग चलकर, बढ़कर पाकर सीखू

हर लम्हा तेरे संग रहना शाप या अभिषाप
जो हो यही है जिन्दगी का वरदान
तेरा साथ देना मेरा पहला कर्त्तव्य
तू हारे तो मैं हारू, तू जीते तो मैं जीतू

मेरा सब तुझ पर आश्रित,
इसी में मेरी खुशी और आशीर्वाद
राह तेरा साथ मेरा
जिन्दगी होने का कर रहा हूँ फर्ज अदा

❁❁❁

84

चौराहे पर राहें

वो निकला था घर से कुछ दूर ही सही
रास्ता भटक गया चौराहे पर जाकर कहीं।
अब जाना है किधर, सवाल बड़ा सामने
जाकर अटक गया वहीं के वहीं।।
वो निकला था घर से कुछ दूर ही सही।

रूह को राहत बस कुछ देर बाद मिलना था
साया सर पर कुछ देर बाद आना था।
कि तभी हार, लौट गया रास्ते पे गलत
छोड़ दिया वो राह जिससे होकर चलना था
पाना था चलकर जीवन सरल
पता था शायद जाना है कहाँ नहीं।।
वो निकला था घर से कुछ दूर ही सहीं।

कर रहा था वो वर्षों से प्रयत्न
था लगाम, खुद पर रखा नियंत्रण।
जाना है मुझे इसी रास्ते होकर मंजिल तक
कर चुका था खुद के प्रति कर्म समर्पण।।
पर पता था नहीं राह मंजिल कहाँ से कहाँ तक
खो गया अंजान राहों पे कहीं।।
वो निकाला था घर से कुछ दुर ही सही।

अज्ञान था उसे ज्ञान का था अभाव
जो डाला राहों पर चलने का प्रभाव।
निंरतर अभ्यास सिर्फ पर्याप्त नहीं
होना चाहिए जानकारी का जिज्ञासु स्वभाव।।

जो बन जाए कारण रहने का वहीं का वहीं
वो निकला था घर से कुछ दूर ही सही
रास्ता भटक गया चौराहे पर जाकर कहीं।।

❀❀❀

85

जिन्दगी उससे नहीं चलती

जिन्दगी उससे नहीं चलती
जिसका सोच ही है वैशाखी का मोहताज
जिस्म, जड़ और जमीन
मायने नहीं है रखता
रखता है, किस सरदार के आप हो सरताज।।

जिंदगी उससे नहीं चलती
जिसका सोच ही हो वैशाखी का मोहताज।

उस हँसी भरे चेहरे में भी कुछ लिखा था
गिरवी था जड़-जमीन, अंदर गम छुपा था
पाने का ऐसा अदब की
उड़ान पंखो से नहीं, हौसलों से भरा था।।

चेहरे खिले, अंदर गिले हजार
फिर भी जताया नहीं शोक एक बार
लड़ता रहा, झुझता रहा
गिरकर संभलकर चलता रहा।।

सोच लिए मन में
पाना है मंजिल अपने दम पर
चलता रहा हर दुःख, हर गम तजकर
लिए एक अलग अंदाज

जिंदगी उससे नहीं चलती
जिसकी सोच ही हो वैशाखी का मोहताज।।

❀❀❀

86

जिन्दगी एक हसीन सपना

जिंदगी है एक हसीन सपना
इसे जिया जो भी जितना
एहसास होता है खुद को उतना
इस जीवन में गम हैं हजार
तो खुशियाँ भी हैं अपार

गम को दबाकर खुशियाँ बिखेड़कर
हर लम्हा आज से जिया जिसने
हर पल में खुशियाँ सजाया
जिंदगी के हर पहलू उसने।।

कहता है हर वक्त पहचानो मुझे
ले जाऊँगा मैं कल की तरफ तुझे
आज हूँ, शायद मै, कल न रहूंगा
खुद में जी ले, बिना डरे झिझके।।

मेरा क्या है, मैं एक बहता पानी
कहाँ जाकर किससे मिलूगाँ किसने जानी
मै बंधा नही; हर वक्त चलना मेरा काम
कहीं पर बनकर आशा तो कहीं पर निराशा
तो कहीं लाभ, तो कहीं हानि।।

चलता ही रहता हूँ कहीं न कहीं अनकही वाणी
हर वक्त हर किसी का मैं ही हूँ परछाई।।

मिलकर मुझसे हर पहलू जिसने जिया
हर असंभव को संभव कर दिखाया।।

जिंदगी है एक हसीन सपना
इसे जिया जो भी जितना
एहसास होता खुद को, होने का अपना।।

87

क्या नही पास हमारे

सोचो कि क्या नहीं है हमारे पास
जों बुना है ऐसा अंसतोष का जाल
क्यों मना रहा है कल का गम
क्या? नहीं है तुझमें साहस व श्रम।।
कुछ नहीं हिम्मत हौसला रखों खुद के पास
इसके दम पर दस का नोट भी है खास
बढ़ता ही जाएगा ये आरोही क्रम
हो सकता है कुछ भी, नया खास
रच सकता है एक नया इतिहास।।

मजबूरी नहीं, मजबूर करो चलने पर
मजबूर करो हर मंजिल पाने पर
आँखों में खुशनूमा सपना संजोए
कुछ करें ऐसा की नाम हो जाएँ
परछाई कि यदि छोड़ दे साथ
बढ़ते रहें हमेशा पाकर कर हौसलों का साथ।।

मुश्किल वही है जो करते नहीं हैं हम
चाहता है सफलता बस हौसला व श्रम
कर गुजरने की क्षमता है हममें
कोई अर्चन, कोई बाधा नहीं हमारे संग

बस सींचते रहे उस खुशनुमा पल
हवा, पानी और रोशनी देते रहे प्रतिफल।।

झड़ जाएगा वो खुद व खुद घावों की गहराई
सुख, समृद्धि से भरी रहेगी हमेशा सुराही
चलते जाना हौसला, हिम्मत के दम पर ओ राही

❀❀❀

88

जिन्दगी की शिखर

जिंदगी में उस शिखर का मतलब नहीं
जिस पर चढ़ कर हम किसी को दिखाई न दें
जिस सीढ़ी से होकर गए आज हम उपर
शायद वो भी हमें याद नहीं।।

किया वो जुल्म, या है वो जुल्मी
ये मुझे पता नही है,
हर वक्त ठोकर खाया पता है मगर
चढ़ा सीढ़ी कैसे याद करना चाहता नहीं।।

हर दिशा और दशा बदल लिया खुद का
अब है उसके पास कई तारीफे
जिंदगी जिने के कई तरीके
पर बदल न सका सोच खुद का।।

लम्हा वो भी जो बीता लम्हा ये भी है
बस फर्क है इतना कल था रोता
आज है हंसता तो, याद करता है वो लम्हा
याद आता नहीं वो कि हम आए कैसे यहाँ
जुबां से एक लब्ज करती है बयां
आया ठोकर खाकर, मैं वहाँ से यहाँ
भूल गया, लाया कौन यहाँ, याद नहीं।।
जिंदगी में उस शिखर का मतलब नहीं
जिस पर चढ़ हम किसी को दिखाई न दें

❀❀❀

89

पल-पल जिन्दगी

जब एक दिन सवेरा हुआ मेरे जीवन में
किरण बिखड़ा मेरे आँगन में
चिड़िया की मघुर स्वर गुंजा इन बागों में
और हुआ संगीतमय मेरे दिल में
क्या था वजह पता नही ?

घर से निकला बाहर की ओर
जैसे लग रहा था,
सारी दुनिया देख रही हो मेरी ओर
न कोई चहल न कोई पहल,
और न था कोई शोर
बढ़ रहा था मैं भी आगे कि ओर

आगे बढ़ा धूप हुआ तेज
फिर मैं आगे बढ़ा चढ़ा घूप सर पर तेज
सोचा कर लूं विश्राम थोड़ी देर
उसी समय लग आई आँख
नीन्द भी आ गयी उसी के साथ

जगा तो ढ़ल चुका था सूरज हो चूका था शाम
सोचने लगा क्या यही है जिदंगी का सच

उगना, बढ़ना और ढलना
है यदि खुशी तो, खुशहाल भी
इसी के साथ आशा भी

करते हैं इंतजार अगले सुबह की

एक जगह कभी स्थिर नही हो सकता है
सृष्टि का अंचल................।

आज यहाँ कल वहाँ बढ़ता ही रहता है पल-पल
एक इंसान कभी भी पूरी जिन्दगी हंस नही सकता खल-खल
घटित होता रहता है, बदलता रहता है इंसान प्रतिपल

यही है जीवन का सच
यही है मनुष्य का दैनिक जीवन अटल सत्य।

❀❀❀

90

चलो-चले भविष्य सजाएँ

चलो-चले अपना भविष्य सजाएं
सुबह सवेरे लाली को पहचानें
चिड़िया चहचहाती कोयल जैसा स्वर बनाएं
उठ, बढ़ दुसरों को भी जगाएँ
चलो-चले अपना भविष्य सजाएं

चलो-चले बढ़े लेकर सबको साथ
जोड़े एक दुसरे को हाथों में हाथ
सोचे-चले करे कुछ भले कि बात

इस जीवन को व्यर्थ बनाने के बजाएं
चलो-चले अपना भविष्य सजाएं

राहों में चले यदि गिरे तो संभले
राहों को चुनें मंजिल को सराहे
पहले खुद को कामयाब बनाएं
चलो-चले अपना भविष्य सजाएं

क्या किया पिछले रोज, छोड़ो दुख
चलो बढ़ो आगे, हासिल करोगे सब कुछ
पा सकता है इंसान जीवन में हर सुःख
यदि कर ले अपना जीवन को सही दिशा के तरफ रूख

चलो-चलें एक अंहिसापूर्ण माहौल बनाएँ
चलो-चलें अपना भविष्य सजाएँ।

❀❀❀

91

तोहफा

जीवन से हर तोहफा लिया नहीं जा सकता
जिन्दगी में हर किसी से मोहब्बत किया नहीं जा सकता
नफरत भी कोई चीज बनाई है इस खुदा ने
इससे दूर रहा नहीं जा सकता

जिन्दगी है सबके पास, पर जीता है कोई-कोई
है सबके पास आश, पर जलाता है कोई-कोई
खुदा ने राह बनाया है सबके लिए
परंतु उस पर चलता है, कोई-कोई

मुख में हँसी भी है, उदासीनता इतना क्यों
दुनिया में मोहब्ब भी है, नफरत फिर इतना क्यों
राहें चुन लिया था उसने मंजिल पाने को
फिर जमाने को देख पिछे मुड़ा क्यों
जिन्दगी इतना गुलजार है, एक पल जिया नही
मौत को गले लगाना इतना सरल समझा क्यों

जब रहना नही था इस जमाने में,
तो फिर आया ही क्यों वो

किसी का हँसी तोड़कर, खुद हंसता हुआ चला गया
संवेरा छोड़ अंधेरो से गले लगा लिया

फूलों से लदी राह था
पर, काँटो से भरी राह चुना
हर गलती उसने खुद से किया
फिर दोष क्यों दुसरों पर ठहराया।

92

वो सुबह की पहली किरण

वो सुबह की पहली किरण
कर रही सब पर समान वितरण
हर पल उस कुदरत का
रहता हाजिर सबके हित मे
चाहे महल हो या
फुटपाथ के किनारे

वो सुबह की पहली किरण
कर रहा सब पर समान वितरण

नजर बंद हो सकता है हमारा
परंतु उस खुदा का नही
हर तरफ उसका नजर, हमेशा
हर जगह है उसका सहारा
वो खुदा की पहली नजर
गिरता पड़ता, परता सब पर

वो सुबह की पहली किरण
कर रही सब पर समान वितरण

राहगीरों को राह दिखाता
वक्त का लिहाज, चलना सिखाता

उस खुद का क्या
खुद जल कर
दुनिया को रौशन करता।

ये त्याग बलिदान हमारे लिए
ताकि चल कर हम भी
अपने फटे किस्मत सिए
कोई कह नही सकता
क्या किया कोई मेरे लिए
वो कायर होगा, जो है कहता
क्योकि वह खुदा मेहरबान
हमेशा हमारे लिए

हर फतेह है उसका शरण
वो सुबह की पहली किरण
कर रहा सब पर समान वितरण

❀❀❀

कृष्ण कुणाल झा

93

उड़ान

जहाँ था, जहाँ हूँ, जहाँ से चलूंगा
जहाँ मिली ऊँचाई 'उड़ान' वहीं से भरूंगा
सोच कर रखा हूँ बनना है, है कुछ करना
हर ऊँचाई पर चढ़कर है उड़ना

ये कैसा होड़
करना था कुछ और
एक के पीछे एक
देखा-देखी में रह गया अनेक
ये भ्रम है रेत
जैसे समझ पानी दौड़े
हिरण तरफ खेत
रह गया दबकर खुद में

जहाँ था, जहाँ हूँ, जहाँ से चलूंगा
जहाँ मिली ऊँचाई 'उड़ान' वहीं से भरूंगा

ये रास्ता नहीं था उसका
जो उसे उसके मंजिल तक पहुचाएं
रास्ते में लोग उससे पूछा
कहाँ से कहाँ को चले
पर उत्तर ढुंड न पाया

कुछ देर चला उंगली पकड़
छूट गया वो भी अब
खुद में सुमसान अनजान
लिया था अब फिक्र जकड़
जहाँ था, जहाँ हूँ, जहाँ से चलूंगा
जहाँ मिली ऊँचाई 'उड़ान' वहीं से भरूंगा

होगा अब क्या कल का
हर एक काम होने का करता प्रतीक्षा
संभव होता हर नामुमकिन
यदि चुना होता वो मार्ग
निकल चुका था इतना आगे की छूट चुका था वो राग

अब ये दिन बेसुरा और रात
अब भूल चुका था क्या है करना

जहाँ था, जहाँ हूँ, जहाँ से चलूंगाा
जहाँ मिली ऊँचाई उड़ान वहीं से भरूंगा।

❁❁❁

94

जिन्दगी की सच

जीतते जीतते हार गया, ये किस्मत की बात है।
जीत पर घमडं करना, पतन का रास्ता है।

जो देता है हमें पहले फुलों का रास्ता दिखाता।
वास्तव में वह हमें कुछ नही सिखाता।
सिखाता है वो जो कांटो के रास्ता पर चलना सिखाता।
जो हमें विष पीकर, अमृत की लालसा जगाता।

जो हमें काटों की तरह है चुभता।
जो हमें करवाहट जिन्दगी में है छोड़ता।

जिसके कारण हम हैं रोते।
वहीं जिन्दगी आगे बढ़कर चैन की जीवन है जीते।

अमर क्या है, आत्मा है अमर।
बस नाम को जग मे फैला सब जाएगा सँवर।

रात के बाद दिन है आता।
लेकिन नहीं होते वह हमेशा के साथी।

कोई चीज दुर नही, होते हैं सब खुद से दुर।
छूट गया बढ़ने की आशा कहीं, पाने की लगा सूर।

जो दुःख की आँसू पीना सीख लिया।
जवाना भी बनता उन्ही का साथी।

जो अंधेरे मे काँटना सीख लिया।
सुबह की रोशनी उस को आती।

हर दुःख के बाद सुःख है आती।
हर सुबह की किरणें आशा की दीपक है जगाती।
हर सुबह को रहती है जग की इन्तजार।
कोई आएँ मेरी सुबह को करे और गुंजार।

तिमिर रोशनी के साथ चले।
जलने वाले को दोपहर की घूप की तरह जलाएँ।
यदि अस्त हो भी जाएँ तो
अगली सुबह सबको जगाएँ।

95

वो था तब तक

वो था जब तक,...........
जिन्दा था, लोभ व लालच तब तक
बदल लिया कपड़ा, आत्म रूपी
अब कही ठीकाना नही, यहाँ से नभ तक
यह जिन्दगी है क्या............?
कल आया था, आज चला गया,
इस सुन्दर संसार भौंरो कली त्यागकर
कौन अपना कौन पराया
अब देखने भी नही आएंगा,
कौन कितना आंसू बहाया

रह जाता तो सिर्फ............
निष्ठा, कर्तव्य और अपना नाम
जो कराता है आत्मा को प्रणाम
यहाँ आता मनुज दिखाने को पराक्रम
दो राहें अपकर्म से या सुकर्म
आकर सिर्फ चखा अमृत या,
किसी का दुःखों का विष भी पिया
या पहुंचाया समाज को उल्टा कष्ट
यही आकलन करवता मनुष्य को महान
छोड़ जाता सिर्फ अपना काम

नभ मे तारों हजार चांद सा चमकीला नही
बाग में फूल हजार, कौन नही पहचानता,
है यह गुलाब की कली ।
कर्तव्य प्रधान, बनाता मनुष्य को महान
करवाता सिर्फ कर्म ही इंसान को प्रणाम

❀❀❀

96

जीवन है क्या

जीवन है क्या देख लिया मैने आज।
मृत्यु है सर का स्वर्णिम ताज।
हट करता तब बालक था, जिम्मेदार संग युवा,
अनुभव हुआ संग गिरा गाज
जीवन है क्या, देख लिया मैने आज

छोड़ शरीर कहाँ गया वो सोचे मन मस्तिष्क
देह जल गया आत्मा अमर, आस्तिक था या नास्तिक ।
रह चला इस दुनिया में तो बस कर्तव्य
नाम लेते आँखो में आंसु पर यही अटल सत्य

चल दिया, दुल्हन की तरह अर्थि साज
जीवन है क्या देख लिया मैने आज

करूण, दारूण क्रूर या था कोई फरिस्ता।
कैसे पता, था कोई अवतरित देवता
जन्म हुआ था उसका भी कभी
देखना है अब कितने देर है उनको याद रखता कोई

एक खुली किताब उनका जीवण, न कोई राज
जीवण है क्या देख लिया मैने आज

सिखाया नही कभी, सीखने पर मजबूर किया था
कल जहर पिलाकर, आज के लिए अमृत दिया था

सोचकर उनका चरित्र, निर्मल बहता आँसुओ की धार
देख रहे होगे शायद अभी भी, उनका प्राण,

जाकर फंस गया सागर बीचों-बीच
देख लिया मैने जीवन है क्या चीज

कुछ सीधा कुछ टेढ़ा कुछ अटपटा
खेल-खेल में जो पहूँच गया
सोचकर पार करना है मुश्किल
जीवन एक चक्र है, समय सूई रहना होगा हमेशा आगे उससे
होगा पूर्ण तभी जाकर काल चक्र अवधि पूरी

जीवन एक बाग है, सुन्दर फूलों को सींच
देख लिया चलकर जीवन है क्या चीज

❀❀❀

कृष्ण कुणाल झा

97

लिया क्यों इस धरती पर जन्म

ऐ मनुज लिया क्यों जन्म इस धरती पर?
दो हाथ व पैर संग लिए पूरा घर।
है तेरे पास बस एक जन्म, जीवन
इसी में करना है तुझे, कर्मो से हवन

मकड़ी भी मरते-मरते छोड़ जाती रेशम
फिर भी हम ठहरे इंसान
क्या हमारे अधीन नहीं है कर्म
हर क्षण के साथ बीत रहा जीवण

पकड़ रख काल सकता तू नहीं
साथ समय चल सकता है कहीं
सपनों को लिए आँखों में सजा
एक आगाज का बिगुल बजा

राहे तेरे इंतजार में कब से बैठी
चलेगा मुझ पर से होकर, उस पार
मंजिल भी है तेरी उदास
पाने की कोशिश भी नहीं किया एक बार

जीवन तू भू-धरा का साज है।
सवार किस पर तू डोली या अर्थी
बंजर भी जीवन समान बाग है
सोच मनुज
देखना चाहता है कैसा, हरियाली या पर्ती

❁❁❁

कृष्ण कुणाल झा

98

मेरा जीवण: प्राण

प्राणों से प्यारा मेरा जीवण।
या प्राण ही है मेरा जीवण।
कुछ दूर चलता हूँ   देखता हूँ।
कैसा अदभूत संसार मे,
एक सीधी पतली किरण।
क्या यही है जीवण।

कही अंनत, आसमा सा ऊँचा
एक लम्बा धागा दूर तक खींचा
बीच न जाने कितनी भड़ी है मोह
प्रलोभन दुःख व सुःख का रोग-शोक

मिलना अभी दूर था अनंत से
पूछा न जाने मैने भी कितनों से
क्या है जीवण, क्या होना चाहिए उदेश्य
भटक रहा हूँ इसी तलाश मे,
वर्षों से।

मुझ में प्राण क्या हैं।
शब्द ज्ञान क्या है।
शीशे सा साफ मेरा चेहरा
कौन लगा रखा है इस पर पहरा

निकलना चाहता हूँ खुद से।
मिलना चाहता हूँ निःस्वार्थ अपनों से ।
है लोगों में लोभ इतना क्यों
देखना चाहता हूँ सब कुछ त्याग कर

एक आधार भूत जीवण का आधारः मै
प्राण एक श्वेत अंनत किरण है
जगत उजाला या अंधेरा इस पर निर्भर
अनंत से मिल जाना ही क्लेश द्वेश हरण है।

❀❀❀

कृष्ण कुणाल झा

99

जीवण की झरना

है मुझ में भी रूह राहत
कर न मुझे इतना अपमान
दर्द होता है इस दिल में,
इसी जिन्दगी से है मेरी पहचान

चैन सुकून के लिए भटकता हूँ।
एक आश्रा के लिए तरसता हूँ।
जमी से नभ तक ढूँढ़ लिया
अब इन पत्थरों में ही बसता हूँ।

निर्जल पानी नही, रेतों की गस्ती हैं
दूर कोशों एक भी नहीं बस्ती है
कौन पूछे है तू किस हाल में,
जीता है तू किस बेसुर राग में।

सिर्फ है यहाँ पत्थरों की चोट
स्थिल है शरीर, शिला है होठ
पुकार भी नहीं सकता जोरों से
चिल्ला भी नहीं सकता शोरों से,

भाग कर जाँऊ भी तो कहाँ
अब छोर पत्थर, आश्रा नही रहा

जीवण रहेगा मेरा इसी में उलझा
या मैं ही सकता हूँ इसे सुलझा

जीवन है श्वेत निर्जल पानी
बहते रहना इसका कर्म अधीन
पत्थरों से टकरा कर, नीचे गिरना
जीवण का यही कर्म प्राचीन

❀❀❀

कृष्ण कुणाल झा

100

वाह! जिन्दगी

वाह! जिन्दगी क्या करूं अब तुझसे फरियाद
सब दे दिया देकर जिन्दगी आबाद

सतरंगी अटपट   नटखट जीवन खुशहाल
हर राह से गुजार दिया तुने,
दिया अनोखी, अनुभवों की सौगात
वाह! जिन्दगी क्या करूं अब तुझसे फरियाद

राह में गिरकर उठना सिखाया
हर परिस्थिति में बढ़ना सिखाया

राह पर चला था तो वर्षों पहले
पाने का तरिका तूने ही तो सिखाया

क्या करूं अब मैं गिले सिकवे बात
सब दे दिया ही देकर जिन्दगी आबाद

रह नही सकता था एक पल भी तेरे बिन,
इस जग में,

साया न था कल तक तेरे सिवा,
मेरे सर पे,

लगकर मुझसे किया उपकार मुझ पर
कैसे चुकाऊँगा कर्ज तेरा

सोचता हूँ दिन और रात
अब, तू ही कुछ अर्ज कर

सच्चाई दिखाकर सागर से मिला दिया
नौका पतवार नही मिला तो,
तैरना सिखा दिया

हर कदम पर तू ही तो मुझको संभाला
अब तू ही बता मै अब तक तेरे लिए क्या किया

तेरे बिना न कोई मेरा आस्त्वि न विसात्
वाह! जिन्दगी क्या करूं मैं तुमसे फरियाद
सब दे दिया देकर जिन्दगी आबाद।

❁❁❁

बचपन

बचपन किसी का भी हो बड़ा प्यारा होता है चाहे जानवर का हो या इंसान का। हाथी का हो, बिल्ली का, कुत्ते का या शेर का। चाहे चिड़ियाँ हो सबका बचपन एक समान होता है। मासुमियत तुतलाती आवाज, बेखौफ अंदाज नन्हे कदम का माप, मंद मुस्कान, कोमल हथेली। बचपन हर इंसान का सबसे खुबसुरत पल होता है। बचपन वो लम्हा होता है जिसे हर इंसान बड़े होने पर भी नहीं भूल पाता, बचपन कि यादें हमें हर पल आती हैं। जीवन में कई पड़ाव को सामने से गुजरते देखते हैं, परंतु बचपन कब आकर चला जाता है, पता भी नहीं चलता बचपन वो लम्हा होता है, जब इंसान खुद से बाहर होता है, जीवन के हर भेंद से परेय-मोह, अहंग हर चिंता से दूर एक नई दुनिया में रहता है।

बचपन कल्पनाओं में डूबा एक कोमल कमल है, जो कल्पनाओं के साथ भी है और भिन्न भी। बचपन जीवन का स्वाद है, बचपन हवा की मस्त झोंकों की तरह होता है, पता नहीं अभी यहां, फिर कहां चला जाएं। बचपन की थाप घूँघरु से निकलती सात सुर जीवन में रस घोलती है, बचपन तुतलाती मुस्कुराती गुज-गुज शरीर का बनावटर, मासुमियत से भड़ी देखती नजर, मधुर अटपटा तुतलाती आवाज मग्न मुग्ध होता है।

जिस तरह कहते हैं सुःख का पहर एक, दुःख का पहर चार बिल्कुल सुख की तरह हमारा बचपन होता है, कब आकर गुजर जाता है, पता भी नहीं चलता जीवन के सबसे अनमोल पल बचपन, काश फिर से एक बार मिले। फिर से खेलू वो तुतलाती आवाज बोलू, फिर से घूँघरू बाँध ऐड़ी कि थाप से बजाऊँ, नियती को तखे पर रख फिर से मासूम बचपन की कल्पनाओं से सजाऊँ। लेकिन यह सिर्फ काल्पनिक है। जो वक्त एक बार आकर चला जाता है, दुबारा कभी नहीं लौटती।

यदि भगवान मेरे सामने आकर मुझसे यह पूछे तुम मुझसे कुछ माँगो, तो मैं एक ही चीज अपना बचपन ही मागूँगा।

इंसान की जिन्दगी में कितनी ही कड़वाहट क्यों न हों लेकिन उसका बचपन अमृत से भरा मधुशाला ही होता है। जीवन की हर क्षण से बेहतर बचपन होता है।

कहते है जिस घर में बच्चा न हो व घर-घर नहीं होता, बच्चा घर की जान होता है। घर की मुस्कान होता है। बच्चों से ही घर में चहल-पहल बनी रहती है। इंसान कितना भी थका हो एक बार प्यार से बच्चे को गले लगा ले सारी थकान पल में दूर हो जाती है।

जब कभी मैं किसी बच्चे को देखता हूँ, मुझे अपना बचपन याद आ जाता है, बिल्कुल ऐसा ही था मेरा बचपन, जब मैं बच्चा था हर रोज मैं नदी के किनारे जाता और देखता जैसे-जैसे मैं चल रहा हूँ वैसे-वैसे यह सूरज, चाँद भी चल रहे है, मैं घंटों सोचता यह कैसे होता है, मैं घर आता धीरे-धीरे से फ्रिज के दरवाजे को बन्द करता यह देखने के लिए कि इस फ्रिज की लाईट कब बंद होती है, मैं घंटों शीशे के सामने आँख बंद कर यह देखने कि कोशिश करता की, मैं आँख बंद करके शीशे में कैसा दिखता हूँ। और न जाने कितने और प्रयोग करता रहता था। कुछ सवाल को याद करके अभी भी मुझे हँसी आती है   मंदिर में लोग फल-मिठाई क्यों चढ़ाते है। क्या भगवान सचमुच खाते हैं। कुछ सवालों का जवाब आज भी मैं ढूँढ़ रहा हूँ कि इतनी लम्बी लाईन हर सोमवार महादेव मंदिर के बाहर हाथ में लिए दूध का लोटा किसके लिए, क्या महादेव स्वयं खुद प्रकट होकर पीते है या कोई और।

बचपन सिर्फ एक अवधि नहीं बल्कि अवधि ही बचपन है, जो हर इंसान के जीवन में एक बार दस्तक अवश्य देता है।

बचपन से बेहतर कोई और अवस्था नहीं, बचपन हमारे ज़ीवन का अनमोल पल है। इसे तो बाँधकर नहीं रख सकते, इसकी हर याद को संभालकर रखना चाहिए।

101

बचपन की याद

आज कर रहा हूँ, मैं अपने बचपन को याद
कितना खुला और था कितना आवाद
वो मासुमियत भरी तुतलाती आवाज
चलता कम, दौड़ता था, ज्यादा, कैसे बेहिसाब

सोचता घंटो क्यों चलता है ये चाँद मेरे पीछे
और सूरज चलता है क्यों इतना धीरे
आता है कहाँ से इतना पानी बादल में
होता है क्या इस धरती के नीचे
होते हैं क्यों आसमान में अनगिनत तारे

और रात से सुबह, सुबह से रात होता है कैसे
बर्षात् के मौसम मे बादल क्यों है इतना गर्जता
ये चाँद मे दाग समझ नही आता
वो मासुमियत भड़ी सवाल आज भी मुझे है याद आता

पानी मै कैसे तैरता है लोग ?
कहीं डुब गए तो................,
मंदिर मे भगवान क्यों रहते हैं, इतने सीधे खड़े।

क्यों लगाते हैं सब भोग
कैसे खाते होगें वो

इस बल्ब में रोशनी कहाँ से आती
वो सवाल आज भी मुझे है परेशान करती

लोग मर कर जाते हैं कहाँ
वैसे भी लोग क्यों छोड़ते हैं जहाँ।
क्या जाना जरूरी होता है वहाँ।

ध्यान से सटाता फ्रिज का दरवाजा
सोचकर, होता है कब इसका लाईट ऑफ
भूतों कि कहानियाँ, पता नही लगता इतना रोचक
और होता क्यों फिर भी इतना खौफ़

घंटो देखता खड़ा होकर शीशे के सामने
दिखता हूँ मै आँख बंदकर के कैसे
ये सांसे अपने आप हैं चलती कैसे।
था वो मासूस सा सवाल कही
जिसका उत्तर आज भी शायद नही
और आते हैं क्यो रात को सपने
क्यों देखते ही देखते लोग लगने लगते है अपने

वो बचपन की बात आज भी है मुझे याद
ऐ खुदा मेरे बचपन लौटा दे,
करता हूँ मै बस इत्ती सी फरियाद

आज कर रहा हूँ अपने बचपन को याद
कितना खुला और था कितना जिन्दगी आबाद

❁❁❁

102

एक चैन की तलाश में

एक चैन की तलाश में
न जाने कितनी बेचैनियां पाल ली
और हैं लोगो में
हम बड़े हो गए, जिन्दगी संभाल ली

बचपन में सबसे अधिक पूछे जाने वाला सवाल
बनोगे क्या चलकर आगे

मिला है जाकर अब उस सवाल का जवाब
बनना चाहता हूँ फिर से बच्चा
बोलना चाहता हूँ, फिर से वो आवाज

बहुत बड़ा हो गया, बड़ा बन गया अब
लेकिन हूँ मै वैसा, जैसा था कल
खिल गया तन, मन है वही बचपन

जो करता था कल, करना चाहता हूँ अब
वो बचपन की सारी गलतियां, मासूमियता
दोहराना चाहता हूँ फिर से
बनकर बच्चों के जैसे।

क्यों इतना जल्दी बीत गया वो वक्त
पता नही कब गुजरा वो मेरा पल
याद करना चाहता हूँ फिर से
याद नही आता..............।

लगता है अतीत के पन्नों से,
गायब हो गया पुरा बचपन
हर वक्त का अपना पन्ना
सहेजकर रखना

क्योंकि खोने पर मिलता नहीं वो पल
हर पहल पर संभालकर चलना।

❋❋❋

103

एक समय था वो भी

एक समय था वह भी जब मै जीता था, खुल कर
न किसी का डर, न भय पाता था हर चीज खुद से चल कर

आज पकड़ लिया हूँ वैशाखी........
सब छोड़ दिया, क्या दोस्त व साथी।

वही दिल है, वही भावना
एक हिम्मत नही कि कर सकू खुद से सामना

न रहा अब कोई आशा न आसान
तभी थामा हाथ मेरा एक अनजान

कहा, ? चलो करो, सुनो खुद को
बढ़कर दो अपनी मन की बातो की अजान

राहे है हजार, चुनो कोई एक
बढते चलो उस पर, मंजिल मिलेगा अनेक

विवषता भड़ी विष को त्यागो।
अमन भड़ी अमृत को स्वीकारों।।

❁❁❁

वक्त, कर्म परिश्रम और कामयाबी

वक्तः किसी ने यह ठीक ही कहा है, समय समुन्द्र की लहरों कि तरह होता है, कब आता है और कब जाता है पता ही नहीं चलता, इंसान वक्त का इंतजार करता है, परंतु वक्त इंसान का इंतजार कदापि नहीं सुबह से दोपहर, दोपहर से शाम, शाम से रात और फिर सुबह इसी तरह वक्त कटता चला जाता है। वक्त किसी के अधीन नहीं है, इंसान बड़ा आश लगाएं बैठा रहता है समुन्द्र के किनारे की अगली लहर कब आएगी। लेकिन इंसान को इस बात कि खबर नहीं होता कि वो अगली लहर देखने के लिए वो यहां रहेगा भी या नहीं। वक्त को कोई बाँध नहीं सकता, वक्त निरंतर चलते रहने वाली वो धारा है जिसमें इंसान ससक्त व सतर्क न हो तो बहता चला जाएँगा वो तब तक बहता चला जाएँगा, जब तक कि वो खुद को संसक्त बना किनारा न लग जाता हो। वक्त ऐसा समुन्द्र है जिसका कोई आदि है न अन्त वो खुद में अथाह है।

वक्त के साथ इंसान का बहुत गहरा संबंध है, वक्त उसी का साथ देता है, जो कभी वक्त के साथ चला हो। वक्त इंसान के लिए सबसे बड़ा शस्त्र है। वक्त से हम है, वक्त हमसें नहीं। वक्त के साथ चलना हमारी सबसे बड़ी ताकत है।

मान लिजिए 'वक्त' एक ट्रेन है जो हमेशा पटरियों पर दौड़ती है, और उस ट्रेन में बैठे सवारी हम हैं, सोचिए वो पटरी यदि तनिक भी हटा या सटा तो ट्रेन का क्या होगा, ट्रेन का कुछ नहीं होगा, उसमें बैठे सवारी तहस-नहस हो जाएँगी, ट्रेन फिर उसी रफ्तार में दौड़ेगी जैसे दौड़ती थी, परंतु सवारी कही बिखर कर रह जाएँगी।

मान लिजिए वक्त एक गाड़ी है, और यह हमारी अंतिम गाड़ी है, हमें उस गाड़ी को पकड़कर कामयाबी की मंजिल तक जाना है, यदि हम स्टेशन लेट से पहुँचते है तो क्या होगा क्या वो गाड़ी हमारे इंतजार में खड़ी रहेगी, बिल्कुल नहीं वो अपने निर्धारित समय पर ही प्रस्थान करेगी, और हम वही छूट जाएंगे वही रह जाएंगे, दुनिया गाड़ी पर सवार होकर आगे बढ़ जाएँगी, फिर हम खुद को कोषते नजर आएँगें। कि वक्त ने हमारा साथ नहीं दिया, यदि आपको पता था गाड़ी का समय क्या है? तो समय से चलते, समय से पहुँचते, समय के साथ-साथ अपने जीवन को दिशा दिखाते। फिर इंसान वहीं बैठकर किसी अन्य गाड़ी की प्रतीक्षा करता रहता है। जब तक वो आता

है, तब तक बहुत देर हो चुकी होती है, जिस मंजिल की तलाश में वो निकला होता है, वहाँ पर पहले ही अड चुका होता है। बहुत से इंसान को मैंने यह कहते हुए सुना है कि मैं इतना चला, मंजिल तक भी पहुँचा, पर हाथ कुछ नहीं आया कारण यही है। वक्त के साथ न होना। वक्त तुम्हारे साथ सदैव पर तुम वक्त के साथ नहीं हो।

कई व्यक्तियों की धारणा यह होती है कि अब नहीं तब, तब नहीं, फिर कभी व्यक्ति के इसी वाक्य पर जी कहते है

कल करे सो आज कर।
आज करे तो अब
पल में प्रलय होएंगी
बहुरी करेगा कब

अर्थात् हमें जो कार्य कल करना है उसकी तालिका आज ही कर लेनी चाहिए, हो सकता है। उठते ही इस काम कि दरकार हो। और जो काम तुम्हे आज करना है, इसकी तालिका अब ही तैयार कर लो क्योंकि पता नहीं पल तुम्हारे साथ कब तक है, और तुम वक्त के साथ यदि तुम यह चाहते हो यह कार्य तुमसे हो तो यह सूत्र तुम्हे अपनाना ही होगा।

वक्त मरहम भी है कई बार ऐसा होता है की हम अनजाने में कोई गलती कर जाते हैं या फिर हो जाती है। इसकी ग्लानी हमें जीवन भर तड़पाती रहती है। वक्त ऐसा मरहम है जो लगे इस घाव, घात को धीरे-धीरे भर देता है।

और जितना हम वक्त को बर्बाद करेंगे एक समय ऐसा आएगा, वही वक्त हमें बर्बाद कर देगा।

कर्मः सफलता प्राप्त करने के लिए कर्म जरूरी जीवन यापन करने के लिए कर्म आवश्यक है। कोई भी व्यक्ति या इंसान यह कह ही नहीं सकता कि मैं कर्म नहीं करता हूँ, ऐसा मुमकिन ही नहीं, यदि वो खड़ा है तो वो भी कर्म ही है, यदि वह काम से विमुख होकर बैठा है तो काम से विमुख होना ही उसका कार्य है। कोई कुछ सोच रहा है, सोचना ही उसका कार्य है।

एक व्यक्ति जीवन से नीराश होकर कहीं चला जा रहा था, और वो मन ही मन यह सोच रहा था कि इतना परिश्रम करने के बावजूद मुझे सफलता नहीं मिल रही, इसलिए आज से मैं यह प्रण करता हूँ कि आज से मैं कोई कार्य नहीं करूँगा। यह सोचते-सोचते वह व्यक्ति बहुत दूर चला गया, उस व्यक्ति के मन में एक विचार आया

कि अब मैं बहुत थक गया हूँ थोड़ी देर उस वृक्ष के नीचे विश्राम कर लेता हूँ, फिर चलता हूँ। वह व्यक्ति वृक्ष से अड़कर लम्बी साँस लेते हुए बैठ गया। और वह चिड़ियों कि मस्ती, कोयल की गायनी को गौर से सुनने देखने लगा थोड़ी देर बाद उस व्यक्ति ने कागज का एक टुकड़ा लिया और जेब से पेन निकाला और सारी गतिविधियों को लिखने लगा। फिर अचानक उसे ख्याल आया कि मैंने तो प्रण लिया था कि आज से मैं कोई कार्य नहीं करुँगा, लेकिन यहाँ मैं बैठा हूँ ये भी एक कर्म है। गौर से इन गतविधियों पर गौर कर रहा हूँ यह भी एक कार्य है और इतना ही नहीं इस सारी गतिविधियों को लिख भी रहा हूँ। इन सारी घटना में उस व्यक्ति को झकझोड़ दिया कि व्यक्ति कितना भी चाहे वह कर्म से विमुख नहीं हो सकता। कर्ण सुनता है ये उसका कर्म है। आँखे देखती है यह उसका कार्य है, नाक स्वास लेती है गंध, सुंगध में फर्क करती है यह उसका कर्म है। बिना कर्म इंसान एक क्षण भी नहीं गुजार सकता है। लेकिन इन कर्मो का भी प्रकार हैः

कुछ कर्म सामाजिक होता है और कुछ कर्म स्वार्थ भाव से किया हुआ, एक व्यक्ति अपना सारा जीवन शक्ति, तर्क समाज के कार्य के लिए न्योछावर करता है। तो कुछ व्यक्ति स्वार्थी होता है अपनी सारी शक्ति तर्क, बुद्धि रिश्ते-नातों में ही उलझा कर रखता है।

और अंत में, सफलता पाने के बाद, सफलता पाने का कारण इस बात पर निर्भर होता है कि हम जो सफलता प्राप्त किए है वो किस लिए समाज के हित के लिए, समाज को नष्ट एवं कष्ट पहुँचाने के लिए या फिर स्वार्थ के लिए।

कर्म मनुष्य के जीवन संचार का अंगीभूत इकाई है। कर्म के बिना मनुष्य, मनुष्य ही नहीं मुनष्य के रूप में पुतला है। कर्मो में सतकर्म मनुष्य को पहचान दिलाता है। सतकर्म से ही मनुष्य, मनुष्य के श्रेणी में आता है, वरना वह मनुष्य रहते जानवर कहलाने योग्य नहीं रहता है क्योंकि जानवर भी तभी अपने घर से निकलता है जब उसे भूख लगती है और इंसान हाय-हाय में इंसान, इंसान को नहीं समझता, वो हैवान बन जाता है। इसलिए जन के लिए सतकर्म प्रथम कर्म है।

(भगवत गीता में भगवान श्री कृष्ण कहते है - मनुष्य को सिर्फ कर्म के बारे में सोचना चाहिए कर्म फल के बारे में नहीं, क्योंकि मनुष्य के हाथ में सिर्फ कर्म है कर्म फल नहीं।)

कामयाबीः कामयाबी एक ऐसा शब्द है, जिसको पाने का कोई सूत्र नहीं होता। की हम उस पर बिठाकर कामयाबी रूपी उत्तर प्राप्त कर सके। कामयाबी सफलता का

दूसरा नाम है या कह सकते हैं पर्यावाची शब्द। और सफलता विफलता के विलोम। हो सकता है की पहले हमे विफलता मिले उसके बाद सफलता की जरूरी नहीं जो हम चाहें हमे सिर्फ वही प्राप्त हो।

एक समय था जब मानव जंगलों में जानवरों के समान विचरन किया करता था। लेकिन आज वह सफल समाज का हिस्सा है। आज वह आसमान छूती इमारतों में सुख भोग रहा है। आदि काल में मानव समाज सतत् उन्नति की ओर अग्रसर कदम उठा रहा है। आज मानव पृथ्वी से अंतरिक्ष कि ओर यात्रा कर रहा है। जिस उन्नति के बारे में मानव कभी सपनों में भी कल्पना नहीं की होगी। वो मानव के सामने है। इसका श्रेय मानव को ही है। लेकिन यह सफलता मानव को वैसे ही नहीं मिली है। यह फल उसके निरन्तर परिश्रम का परिणाम है। जो आज मानव समाज सभ्य है। शिक्षित है सतत् नई-नई सफलताओं को अंजाम तक पहुँचा रहा है। वास्तव में बिना परिश्रम के मनुष्य जीवन के किसी भी पल सफल नहीं हो पाता परिश्रम को इसीलिए सफलता की कुंजी माना जाता है।

एक किसान खेतों में हल चलाता है, बीज बोता है, सींचता है, दिन-रात कड़ी मेहनत के पश्चात् उसे फसल प्राप्त होती है। आज मानव समाज कि उन्नति उनके परिश्रम के फलस्वरूप है। बड़ी-बड़ी गाड़ी, हवाई जहाज कारखाना, यातायात के आधुनिक उपकरण मानव के कठिन परिश्रम के कारण संभव हुए। आज हम ऊँची-ऊँची इमारतों में चैन की नींद किसके कारण ले रहे हैं। यह सब उपलब्धि मानव अपने दम पर कायम किये हुए है।

वास्तव में परिश्रम के बिना मनुष्य के लिए बड़ी सफलता तो दूर, अपने परिवार का पालन-पोषण करना दुर्लभ हो जाता है। एक आलसी व्यक्ति हाथ पाँव रहते, अपाहिज कि तरह पड़े रहते हैं, अपने सगे-सम्बन्धियों के लिए भी बोझ बन जाता है।

परिश्रम का महत्त्व जीवन विकास के अर्थ में निश्चय ही सत्य और यथार्थ है। आज विज्ञान द्वारा दिए जाने वाला जितनी भी सुविधाएँ मानव समाज भोग रहा है वे परिश्रम का ही फल है। वर्तमान में विश्व के जो राष्ट्र विकासशील या विकसित हैं। उनके विकासशील होने के पीछे उनके परिश्रमी व कर्मठ नागरिक हैं। ये बात जरूरी नहीं है कि शारीरिक कार्य करना ही परिश्रम है। दार्शनिक इंजिनियर, राजनीतिज्ञ भी परिश्रम करते हैं। ये लोग परिश्रम शारीरिक रूप से न करके मानसिक रूप से करते हैं।

फ्रांस, जर्मनी, अमेरिका, जापान चीन आदि राष्ट्रों की महानता अपने नागरिकों के कारण ही बनी हुई है। द्वितीय विश्व युद्ध के दौरान परमाणु बम के कारण जापान

के हिरोशिमा व नागासाकी क्षेत्र ध्वस्त होकर नेस्तोनाबुत हो गए थे लेकिन वहाँ के परिश्रमी नागरिकों के कारण जापान को फिर से विशिष्ट देशों की गिनती में ला खड़ा कर दिया। ये बात अलग है की कामयाबी मिलने में वक्त लग जाएँ परंतु परिश्रमी को ही कामयाबी मिलती है।

जीवन में सुख शांति कामयाबी पाने का एकमात्र परिश्रम है। परिश्रम रूपी पथ पर चलने वाले मनुष्य को जीवन में सफलता संतुष्टि, प्रसन्नता अवश्य प्राप्त होती है। वो हमेशा उन्नति कि तरह पैर बढ़ाता है। आलसी व्यक्ति जीवन भर भाग्य के भरोसे बैठा रह जाता और वह कुछ नहीं कर पाता, ठीक इसके विपरीत परिश्रम करने वाला व्यक्ति जीवन वक्त के साथ स्वालंबी तो बनाता ही है और श्रेष्ठों में भी श्रेष्ठता प्राप्त कर लेता है।

वक्त, कर्म, परिश्रम और सफलता चारों में अभिन्न फर्क है। जब तक हम वक्त के साथ नहीं चलेगे तब तक हम कोई कर्म नहीं कर सकते हैं और कर्म के बिना परिश्रम नहीं किया जा सकता, तथा परिश्रम के बिना सफलता, कामयाबी कभी नहीं मिल सकती।

सत्य यही है कि बिना परिश्रम के मनुष्य सफलता प्राप्त नहीं कर सकता जो व्यक्ति जल्द ही हार मानकर बैठ जाता है, उन्हें सफलता का स्वाद कभी नहीं मिलता। सफलता के लिए परिश्रम करना ही पड़ता है।

104

वक्त का मरहम

होकर जहाँ से था मैं चला
पता नही वह सुरज कब ढ़ला
शाम, दोपहर, रात का इंतजार
जिन्दगी यूँ ही बितता चला गया

गर्जना के आवाज को ढुंढते ही
कानो में मधुर लय संगीत सी
हो उठता जैसे सब कुछ उल्टा
चलने लगे हो जिन्दगी ही

राहों के किनारे, कब से था खड़ा
आस लगाएँ वाहनों का बड़ा
साथ - साथ चलने का प्रयास
पर हो गया था वहाँ गलती जरा

रहा नही तनिक भर भी मुझ में धैर्य
बढ़ता गया अति के साथ, अंदर जलासय
तैरना किस चिड़ियाँ का नाम है, पता भी न था
तो हिलाता भी कैसे हाथ व पैर

शुरू से चला था शुरूआत भर ही कर सका
कारण था भले हजार पर गलती हुआ क्या
इतना भी कभी भाँप न सका

गजर्ते बादल, चमकते बिजली, वरदान या अभिषाप
गहराई में उतरना था किस तरह इसारा कभी जान न सका

अंसख्य मोती भरमार, रथ जीवन मुड़ा था कितना भला
अज्ञान आँखों पर पट्टी, समतल पर था ढुढने मोती चला

पर था नही कोई मेहनत, मेरा वहाँ गवाह
हर मलतब सुबह से दोपहर शाम रात इंतजार में।

यूँ ही जिन्दगी बितता चला गया
काल चक्र के प्रभाव में

❁❁❁

प्रयत्नशील हो प्रयत्नवार

प्रयत्नशील हो प्रत्यनवार
कामयाबी का यही श्रृंगार
जिन्दगी राह है, मंजिल उस पार
चले गिरकर, संभलकर, उठकर
यही है प्रयत्न का सुन्दर संसार

आसान नही है कोई चीज पाना
चिंता फल नही सतत् कर्तव्य पथ पर चलना
अंहकार, मोह को तजकर
हमेशा खुद से सीखाना, सीखना बढ़ना

ये नस्वर संसार और इंसान
बना बस पल दो के लिए
हर कर्तव्य दिलाता है एहसास
ये सब बना है हमारे लिए

खुद से ज्यादा रखो खुद पर विश्वास
बढ़ते चलो, चल कर बनाओ एक नया संसार

प्रयत्नशील हो प्रयत्नवार
कामयाबी का यही श्रृंगार।

जिन्दगी एक ऐसा मुकाम है
जहाँ से हर चीज मुमकिन

जहाँ कर्तव्य से मंजिल
और मंजिल से कर्तव्य
यही है प्रयत्न का सौगात
हर लम्हा को रहता, कर्तव्य का इंतजार।

राहें अनेक, राही अनेक।
उसमे से है, हम बने एक।
जो कर्तव्य हमारा,
करते चलो, करते चलो ।
बढ़ते चलो, प्रयत्न की ओर।

प्रयत्नशील हो प्रयत्नवार।
कामयाबी का एक मात्र श्रृंगार।।

❀❀❀

106

काल का इंतजार

घंटो से था खड़ा, उस नदी के किनारे।
इंतजार था, थमे पानी उतरू तब मैं नहाने।
जैसे ही थमता, कंकड़ के टुकड़ा आ पड़ता
फिर से हलचल पैदा कर जाता
बैठै - बैठे सुबह से शाम हो गया
पर कभी थमा नही, हाथ लगा सिर्फ निराशा।

जिन्दगी भी है कुछ इसी नदी जैसा
कभी शांत रह नही सकता
हर वक्त हलचल, है इसका फिदरत
कभी सोचे कोई शांति से डुबु इसमें
वो कभी हो नही सकता।

हर वो तुफान जिन्दगी में आती ही रहती
जिसमें मनुष्य की जाति तक मिट जाती
कभी बेग, कभी तरंग
हर हरकत, वक्त के अधीन
जीवन के 'मन' को यही स्वाधीन

तुफान रूकने का इंतजार जिन्दगी बिता सकता है
जिन्दगी से खुद को खफा कर सकता है
राहे हजार रहते खुद को अपाहिज बना सकता है
उत्साह, उमंग छिन्न - भिन्न कर सकता है

हर तबाही का कारण बन सकता है।
क्योकि, कभी जिन्दगी थम नही सकता
तुफान रूकने का इंतजार, जिन्दगी बिताने का बहाने
घंटों से था खड़ा उस नदी किनारे
इंतजार था, थमे पानी उतरू तब मैं नहाने।

❁❁❁

107

समय

किया जो वो, कोई और न कर सका
जिया जो वो, कोई और न जी सका
टिका जो वो, कोई और न टिक सका
हर आंधी उसके लिए था एहसास
देखा जो वो, कोई और न देख सका।।

हर हालात था उसके लिए सामान्य
चलता था मग्न मे चाहे करे कोई उसका अपमान
हर मुश्किल रास्ता को बनाता खुद से आसान
जिंदगी के हर सफलता मंजिल को बनाया आलिशान
हर लम्हा में अंकित उसका बेमिसाल नाम।।

बोलता ऐसा की लोग रौल बदल दे
झुठ बोलता ऐसा की लोग सच बोलना छोड़ दे
वो चलता ऐसा की लोग विश्राम करना छोड़ दें
हर पहलू है उसका खास
दुःख ऐसे भोगे की लोग सुख कि आशा छोड़ दे
शाम लाता वो ऐसा ही, लोग सुबह की किरणे त्याग दें
हर अहसास उसके साथ बिताना चाहें लोग
खुशी मिलें एसे की लोग शोक मनाना छोड़ दें

क्योकि यह है एक समय का रोग
क्योकि रहा है खुद मे जीवन संयोग से योग

108

नया साल आया, साथ तोहफा लाया

नया साल आया, साथ तोहफा लाया।
मुझे भी सहसा ख्याल आया।
विकल्प रहित एक संकल्प लिया
करूँगा हर वो कार्य जो बिते वर्ष न कर सका।।

अधूरे कार्य का हो भले कारण हजार
लेकिन करूँगा इस वर्ष में पूरा हर कार्य।
भले त्यागना पड़े मुझे अगले सारे ख्याल

ख्याल से निकालूँगा पथ पर चलूँगा
मकसद के लिए आँखों में, हर पूर्ण कोशिश करूँगा।

किया क्या, करूँगा क्या हर आँकड़ा है मेरे पास
मै भी हौसलों से एक उड़ान भरूँगा।

चाहे आएँ राहों में मुश्किले भला
हर तकलीफ दरकिनार कर आगे बढूँगा।

हर आँगन मे यथासंभव चाँदनी बिखेरूँगा
थोड़ा अपने लिए थोड़ा औरों के लिए भी जिऊँगा।।

जो फटा है आसमां मेरे सर के ऊपर
खुदा से बस करता हूँ इतना फरियाद
सिलने मे थोड़ा मदद करे, अब की बार

ख्याल ख्याल न रह जाए
रखूंगा इस पर पूरा ध्यान बरकरार
कोशिश करता रहूँगा लगातार

❀❀❀

109

नई दिशाएँ

एक सफल भरी उड़ान।
दे सकता क्या - क्या सम्मान
आसमा तो देखा है सब ने,
छूने का शक्ति है प्रमाण।।

हर कोई राह से चलता।
गली करोड़ो उससे निकलता
वो मंजिल है पाना मुझे अभी
एक एहसास मुझ में है जगता।।

ऐ सारथी ले क्या जा रहा है मुझे उधर।
है चारों तरफ आफत अशांति, अंधेरा जिधर
एक सुरज देख रहा हूँ बस कुछ मील दुर
चल मुड़ वही, है मेरा संवेरा शहर

गात लगाया हुआ हुँ कब से इंतजार में
अंधेर में अब नही, जाना है प्रकाश में
हो जहाँ मेरा सम्मान, बदले सुरत रंग
मिलना है मुझे अंनत तेज किरण से

देर से ही सही, बनाना चाहता हूँ फुलों का हिमालय।
सुगंधित पुष्प खिले ताजे मन से अपना आलय
चाहे भी कौन मेरे लिए, सिवाये अपने,
हो ना जिसके सर ताज अंशति दुखद प्रलय

ऐ मनुज एक भाव है जीवन की सरल रेखा
चलना इसी पथ पर छोड़ द्वेश व पीड़ा
राहे हजार पंरतु जाना है तुझे किधर
सोचना हर दिन छोड़ बीते पल।
हर दिन बस तू चलता चल।

❀❀❀

110

होता नही कुछ भी ऐसे ही

बन कर बिगर जाता है कुछ चीजे
कुछ उग आता है, वैसे ही बिना सीचें
मकसद है इनके भी कुछ न कुछ
वैसे होता नही, बिना खुदा रचे

पौधा उगा - पेड़ बना, कली दिया - फूल खिला
जड़ या नीचे टहनी उपर, उससे एक और पेड़ चला
विकसित हुआ एक से एक
धीरे-धीरे बाग बना

पतझड़ आया सुखा पता
और आया सावन कलश बनाया, सींचा पौधा
एक नए सिरे से पल्लवित, देखो कैसे होता

हरा - भरा वन को बनाया
देखो क्या यह है हमको बताता

सुबह से शाम हुआ, रात हुआ सुबह लाने के बहाने
उठा जग, पशु, पक्षी देखो फिर लगा चहचहाने

ये सावन का बरखा, देखो क्या है कहता।
मिला खुदा से इसी बहाने

निर्जल जल वर्षा, उतरा गगन से नीचे
बन कर बिगर जाता है कुछ चीजें
कुछ उग आता है, वैसे ही बिना सींचे।

❀❀❀

111

असफलता का कारण

एक कारण था होने का सफल
हुआ था वो बार - बार असफल
सोचता नही था कभी
गिरा मै कितनी बार
करता तो बस कोशिशों का आकलन
एक कारण था होने का सफल
हुआ था वो बार - बार असफल

कितना चला, कितना गिरा और,
संभला कितनी बार

हर पीछे बीते चुका समय की ओर,
सोचता न कभी एक भी बार
साया भी था उसका अपना,
शायद साथ नहीं
था बेजान फिर भी बेफिक्र,
लेकिन कोशिश करता-लगातार हर बार- बार-बार
कारण छोटा नही था बहुत बड़ा
हर असफल से था वो परेय खड़ा
अब वो जीत चुका था खुद को
बस था तो जीतना................

जीत सकूं दुसरो के मन को भी जरा
यही था अंतिम उसका महल
एक कारण था होने का सफल
क्योंकि, हुआ था वो बार - बार असफल।

❁❁❁

चलना होगा, बढ़ना होगा

उठना होगा चलना होगा, और होगा आगे बढ़ना
यदि है जिन्दगी में बढ़ना तो होगा कुछ करना
सतृत् अभ्यास, पूनर्विचार होगा दोहराना
आगे बढ़ने का एक ही रास्ते पर होगा चलना
एक लक्ष्य, एक तीर एक ही निशाना होगा लगाना
उठना होगा, चलना होगा, और होगा आगे बढ़ना

सुर्दोदय के साथ उठना, धीरे - धीरे होगा सूर्य के साथ चलना
तेज पूँज, तेज मुखंमडल पर सूर्य कि तरह होगा जलना
अस्त के साथ विचार और होगा फिर अगली सुबह उठना
जीवन है सूर्य - पहले उगना, धीरे - धीरे चलना और ठढ़ना
उठना होगा, चलना होगा और होगा आगे बढ़ना

यदि चाहते हो बदले वो, होगा पहले खुद को बदलना
जीवन दिशा है सही दिशा पर बल देना
गति शील, गतिहीन, गतिवान पर उत्साह भरी गति प्रदान करना

जीवन के हर मोड़ पर गति प्रदान करना
उठना होगा, चलना होगा और होगा आगे बढ़ना

❋❋❋

113

हर पल यू बढ़ते रहेगे

हर पल यू हरदम, बढ़ते रहेगे।
हाथों में हाथ सबको, साथ लेकर चलते रहेंगे।
कट जाएगा हर दुःखद रास्ता।
जब एक साथ, कदम से कदम मिलाकर चलते रहेगें।

एक से एक जुडेगे, बनेगा एकता का बल।
बदलेगे हम अपना, भविष्य का कल।

जुड़कर करेगें हर असंभव संभव,
जब चलते रहेगे यू हरपल - हरदम।

मिलाकर चले मिलकर रहे, होगा क्या कल।
सामना करना होगा खुद से।
बढ़ते रहे हर पल, साथ लेकर।

रिश्ते हो या नाते, होते है एकजुट बलवान।
उँगली पाँच, मुठठी बन करे जैसे प्रहार।

हो तुम एक, जिन्दगी मे रास्ता जाना है अनेक।
एक से नही, अनेक बनें राही ले काट चलें तलवार।

सुबह से शाम, रात के अंधेरी रातों तक।
खुद पर रखो विश्वास, बढते रहो तब तक।

दुनिया नही है एक जैसा,
मिला होगा कितने अपवाह, रूकना नही तब तक।

हर पल यू हरदम बढ़ते रहेगे।
हाथों मे हाथ सबको, साथ लेकर चलते रहेगें।

❀❀❀

कृष्ण कुणाल झा

114

है योग्य तो योग्यता दिखाओ

है योग्य तो योग्यता दिखाओ
एक सुनहरा भविष्य सजाओ
व्यर्थ मत जाने दो, प्रयोग मे लाओ
योग्यता को अपने जीवन मे उतारो

सही वही है जो दिखता है
छुपाने से कुछ नही मिलता है
लाख भला सही आप
झूठे होंगें तब तक

सच्चाई का प्रणाम नहीं जब तक
है योग्य तो योग्यता दिखाओं
पथ हजार हैं, किसी एक को चुनकर
अपना योग्यता का प्रर्दशन कर,
फल तोड़ो, खाओ।

जिन्दगी छोटी, जितना सकते हो बाँटो
अंदर रखने से क्या होगा, दुसरों को भी बताओं
होता नही हर किसी के पास सबकुछ ज्ञान
इसलिए जितना सीखा सकते हो सिखाओं

रख कर चाहता नही बाँटना, वही है सच्चा अज्ञान
ज्ञान सिमित नही, है अंनत

कुछ सीखो, कुछ सीखाओ मिलेगा आनंद
राह में भी चलते - चलते बाँटते चलो ज्ञान
दिखेगा खुद - वे - खुद भोग्य होन का परिणाम

अज्ञान भरे धाव पर ज्ञान कर मरहम लगाएँ
चलो - चले हम कुछ सीखें और सीखाएँ
दूर करे दुसरों का भी मन का अज्ञान हरे अंधेरा
हो सके जितना, हम भरे दुसरो के मन में उजाला।

हो हमेशा 'मैं' से 'हम' भी आगे
बंधे ज्ञान के एक सा धागे

है योग्य तो, योग्यता दिखाओ
दुसरों को सलाह देने से पहले
खुद उस पथ पर चल कर बताओ।

है योग्य तो योग्यता दिखाएँ
चलो चले खुद का भविष्य सँवारे।

❀❀❀

115

क्यों लगता है तू बेकार

लगता है तुझे क्यों हूँ मैं बेकार
दिन में खाली, जैसा हूँ मैं एतबार

कोशिश कर चलने का, बढ़ने का एकबार
राहे होगें मुश्किले भले हजार
सफल हो जाएगा घिसने से खुद को बार-बार
जो टिके इन मुश्किल हालातों में,
वही है सफलता का असली हकदार
बस चलने की कोशिश कर एक बार

सोच बदलो, हालात बदलो, नही बदलो तो आत्मविश्वास
कोई कह नही सकता मिलेगा लक्ष्य, बाँधकर चलो आश
कई बार नही मिलता, लक्ष्य होकर भी पास
निराशा नही, लौटते-लौटते भी मिल जाता है कई राज
बस चलने की कोशिश करो एक-बार

कभी दिल सोचने लगता है, आ गया हूँ क्यों इतना आगे
कहीं मैं गलत तो नही कर रहा हूँ, चुनकर यह राहें
ये लक्ष्य पाकर, गलत तो नही, खुद को सराहता
जरूरी नही कि हम जो करें, हो उसका एक उदाहरनता

बदल देता है जिन्दगी को दिशा और दशा, एक फैसला
बस कायम रखना खुद पर आगे बढ़ने कि हौंसला

116

लम्हे - लम्हे बीते जा रहा

लम्हे - लम्हे बिते जा रहा
रात दिन को खाएँ जा रहा
समय का पहिया चलता है
मनुष्य उसके नीचे दबा जा रहा

जो चलता समय के साथ में
आगे अब्बल हर राह में
पा लेता है चाहकर वो
हर खुशी है उसकी जिन्दगी में

कर सकता है वो हर नामुमकिन को मुमकिन
कर सकता है रात को दिन मे परिवर्तित
सहज है इसके लिए सबकुछ
क्योंकि वो करता है समय रहित

समय बदल सकता है किसी भी क्षण
रहे हमेशा समय के संग
पता नही कब दे दे मौका
आकर गुजर न जाएँ कही मेरा पल
हर समय रहे सजग और सर्तक।

❀❀❀

117

न चल तू पिछले रोज पर

न चल तू पिछले रोज पर
चल तु नए खोज पर
पंख निकल आएगा खुद व खुद
जब खड़ा उतरेगा अपनी नई सोच पर

कल क्या हुआ, छोड़ तु कल पर
आगे बढ़, आगे है सबकुछ
हासिल कर तू आपने बल पर
जो बीत गया रैना, जो बित गया मौजे
उसका क्या कहना
मंजिल को पाने तक अपने हौसला पर चलना
बस अपना लक्ष्य पर अंतिम तक अडिग रहना

राहें हजार हैं बस सच्चाई के साथ अपनाना
मुश्किलें बहुत हैं पर हमेशा लक्ष्य को ध्यान में रखना
साकार हो जाएंगा सारे सपने, इस जीवन में
पता चल जाएगा दुनिया के इस किरण मे

क्या है असलियत क्या है सही
जो लगे खुद को सही, करना तु वही
क्योकि, तुम झुठ बोल सकते हो, आत्मा नही

हमेशा रहना तैयार आगे कि खोज पर
चल पर तू नए सोच पर
चल पर तू नए खोज पर

❁❁❁

मत कर प्रण बनूँगा महान

मत कर प्रण बनूँगा महान
बन तू सर्वप्रथम बेहतर इंसान।।

बन न सका महान चलेगा
बन न पाया इंसान तो जरूर हैवान बनेगा।।

होगा हैवान से देश को खतरा
बनने के शोक से बिगाड़ेगा वार्ता।।

फिर हर प्रण तुझको ललकारेगा
तू मजबूर वश शस्त्र उठाएगा।।

हो जाएगा पागल इस कद्र
गोली की गुंज भी लगेगी तुझको अर्ज।।

जिन्दगी के बीते पहलु याद आऐंगा
संभल कर भी फिर संभल नही पाएगा।।

हो चुका रहेगा तू बहुत पहले धातक घोषित
अब हर क्षण तू बहुत रहेगा क्रोध मे न
जाने कितने मासूमों को करेगा शोषित।।

हर क्षण अब लौटने का करेगा प्रयास
अब होगा नहीं यह तेरे लिए आसना।।
बारूदों के धुँआ से ओझल हो चूका, रहेगा इंसानियत
गोलियों के गुँज से बहरा हो चुका, रहेगा पाथक।।

दिन रात अब तू उन अंगारो के तले तड़पेगा
महान बनने के ख्वाब मे किया कितना जुल्म
पल - पल बस तू सोचेगा।

अतः इंसानियत का रास्ता हर कर्म रथ पर अव्वल
ओढ़ पहले तू इंसानियत का स्वच्छ कम्बल।।

❀❀❀

119

हौसला रख बुलंद

हौसला रख बुलंद
खुल जाएगा हर किस्मत
सागर तले मोती
डुब भी जाएगा तो क्या हर्ज
हौसला रख बुलंद।।

गगन अपना, धरती तलवे तले
हर अपवाह दरकिनार कर आगे बढ़े
यू मिलता नहीं हीरा किसी को
चल हम भी कुछ कार्य करे
कुछ कल पर नही, चल कर अब तुरंत
हौसला रख बुलन्द।।

समय का अपना उम्र सारा सामने पड़ा
यू हाथ पर हाथ रख रह मत खड़ा
चल हम भी धरती फाड़ अपने हिस्से को निकलें
ताकि देख मनुष्य की क्षमता गगन भी उठे थरर्रा
कह मत है नहीं अभी मुझे फुर्सत
हौसला रख बुलन्द।।

यूँ लिए सफलता, कारवाँ की
हर मंजिल को पाने की
ललक सीने, घघक आँखो में
बहाते चले, प्यार की नदी

दिखा दे हिमालय को भी
है झुकाने कि हिम्मत हम मे भी
आँखों मे लिए ऊँची उड़ान का सपना
देख मत पीछे मुड़कर कभी
बढ़ता चल हाथ मे हाथ लिए सभी

रख हर घावों का अपने पास मर्ज
हौसला रख बुलन्द।।

❁❁❁

120

उगते सूरज

सूरज उगते सुबह करता है कुछ अर्ज बयां
उग आया किया पुरा अपना फर्ज अदा

जग, उठ चल तू भी अपनें पथ पर
हो सवार मेरे तरह कर्म रथ पर

धीमी किरण ज्योति के साथ
जगा सबकों चल लिए हाथो में हाथ

छोड़ चल जो मेरा संदेश न पहचाना
बन प्रचंण्ड भाग दोपहर की जलाना

अस्त के साथ संदेश पहचानना
फिर ऐसे ही है कल से चलाना

हो रात अंधेरा किरण साथ पूर्णिमा
बैठ एकत्र कल का योजना बनाना

हर दिन कुछ खास बनेगाा
धीरे-धीरे निखर सजेगा

यू ही बढ़ता चले अपना कारवाँ
होगा पूर्ण हर ऊँचाई का अरमा

एक सूरज कितना कुछ है सीखाता
और न जाने कितना उपाय है बताता

❀❀❀

121

गाँव की बदलती तस्वीर

बदल रही है गाँवो की मौसम व तस्वीर
जो था पहले मोहल्ला, अब हो गया कॉलनी में तब्दील
जिनको जानते थे पहले चाचा-मोहन, राम, भैया कबीर
पत्ता नही अब किसकों कब रख लें, बगल में किराये पर सबीर।

था कुछ दिन पहने गॉव में बीचों - बीचो एक मंदिर
आस्था छोड़िए, था सामजिक गतिविधियों का सचित्त
हो गया अब वही, जुआ, जाम टकराने का अड्डा
समाज खो गया, संमाजिक नहीं रहा, अब लगता है वहाँ सट्टा।

था इस गाँव में एक बड़ा पोखर शान
अब वह बन गया कोलोनी का कूड़दान।

था जहाँ कुछ दिन पहले चुहचुहाती चिड़िया और लहलहाती शीश
बन गया अब 18 मंजिला-मॉल, फैक्ट्री और सिनेमा कॉम्पलेक्श बीचों बीच

बचा नहीं अब यहाँ पेड़ - पौधा और लटकती पत्तियों की लटकन
जहाँ था पहले खेलने का मैदाऩ
है अब वहाँ पर्सनल बॉन्ड्री दीवाल।।

जहाँ बीता हमारा बचपन का धूलिया जश्न
अब वहाँ है बड़े - बड़े इमारत व भवन
यादें हो गई इसी इमारत के नीचे दफन
ठंड़ी हवा, गाँव खुशबू हो गई स्वप्न।।

जब आता है गॉव मे बिते समय की याद
करता हूँ खुदा से बस इतना फरयाद
अब और न हो गाँव शहर में तब्दील
अब बस बचा लो गॉवो की तस्वीर ।।

❁❁❁

122

वक्त का मिनट भी डेढ़

वक्त का एक मिनट भी डेढ़
कर देता है मनुष्य को गीदर से शेर
जानता नही कोई, होगा कल क्या
यह है एक वक्त का गुलामी खेल

वक्त का एक मिनट भी डेढ़
कर देता मनुष्य को गीदर से शेर

समुन्द्र की लपटे, जिसको छोड़ा
हवा भी था जिससे मुहँ मोड़ा
अनाथ था गरीब था
था इससे सब मुहँ मोड़ा

फिर भी देखो इसका भाग्य कैसे चमका
बस मिला इसे बदनामी, अपमान ढेर

वक्त का मिनट भी डेढ़
कर देता मनुष्य को गीदर से शेर

सोचा न होगा कभी मिलेगा मुझे ऐसा ताज
कल तक था जो, बदलकर हो जाऊँगा मै ऐसा आज

याद आता है वो लम्हा, जब था मेरा हाल बदहाल
गरीबी एक जिल्लत था, सोचा नही था मिलेगा ऐसा सरताज

क्या यही है तकदीर का निराला खेल
जो बदला है वक्त का, वक्त को एक मिनट डेढ़

वक्त को एक मिनट भी डेढ़
कर देता मनुष्य को गीदर से शेर
यह सब है मेहनत, उत्साह और लगन का खेल।

❋❋❋

123

वक्त रहते भविष्य सजाएँ।

चलो चले वक्त रहते भविष्य सजाएँ
सुबह-सवेरे सूरज की लाली पहचाने

आगे बढ़ने से पहले खुद को जगाएँ
कही हो न जाए घूप कड़ी
चलो चले इससे पहले आसिया बनाएँ

सच्चाई है वक्त, वक्त के साथ चले
एक-एक कदम फूँक-फूँक कर बढे
धूप भड़ी दुःख को छाव से बचाएँ
चलो-चले वक्त रहते भविष्य बनाएँ

है सवेरा तो धूप कड़ी व डुबती शाम
मुरझा न जाएँ कही जिन्दगी, बचाओं आप
जिन्दगी के साथ चलें, कही बन न जाएँ श्राप

वक्त रहते खुद को संभाले.............।
आँसू भरी रात को खुद से बचाएँ।

चलो-चले अपना भविष्य सजाएँ
वक्त रहते खुद को दिशा दिखाएँ

कही खो ना जाए भूल-भूलैया राहों में
खुद को सिखाएँ चलना सुमार्ग राहों पर

करें अपने सपनों को साकार
दे अपना भविष्य को एक सुन्दर आकार
हुआ है जन्म इस धरती पर,
ताकि, जाए न जिन्दगी यू ही बेकार

चलो-चले खुद को संभाले
अपने जिन्दगी को फूलो से सजाएँ
चलो-चले एक सुनहरा भविष्य बनाएँ
वक्त रहते खुद को संभाले।

❀❀❀

124

है बस मौसम को इतना बिसात

है बस मौसम को इतना बिसात
कर सकता है किसी भी मौसम मे बर्षात्
फुहारा, बद्री या बारिश मुसलाधार
यही तो है सुख, अति सुख दुःख का आभाष

घंमड़ पतझड़, पश्चाताप सावन
लाएँ फाल्गुन, होली के रंग
हर मौसम है जैसे, धरती पर पावन
जलाया हर बुराई दीपक के संग

बिसात् नही किसी का, बदल दे इसको
देता है बदल ये मौसम सबको

हर एक मौसम का पहल अलग
कभी धूप तो कभी छाव का झलक
तो कभी बरपाता सर्द कहर
सुख है- सर्द मे जैसे मध्यम धूप भरी दोपहर

गर्मी में गर्म हवा में जैसे शीतल झोंका
करकराती धूप मे हो, अचानक बादल का छाया
धीरे-धीरे बढ़ना बदलना है इसका प्रथा
बदल सकता है मौसम मनुष्य का भी परछाया

है बस मौसम को इतना बिसात्
कर सकता है किसी भी मौसम में बर्षात्
हर एक दिन लाता, खुद मे बदलाव
बिषात् नही किसी को, बदल सके इसको
देता है बदल ये मौसम सबको।

❁❁❁

125

जन कर्म प्रधान

जन कर्म प्रधान
जन लक्ष्य संधान
पाथिक बन............।
होगा हर समाधान

कर्म प्रथम उचित
तत् पश्चात समुचित
पाएगा, देखेगा
असाधारण कार्य समक्ष सचित्र

सागर मोती छोड़
खुद का मुख तु मोड़
कर्म प्रथम सतत्
एक-एक पूर्ण तौल

संयम् सतर्क, साहसी शंख
फूँक उड़ जाएगा लगाकर पंख
जन भला सुर-मुनि तेरा
चाहे तुझे लगाना भष्म

चक्रधर समुचित तेरा हितकारी
बाहुबल सर्वप्रथम कर्म हो बारी
होगा सृष्टि तेरे आगे-नीचे
तू कर्म प्रथम एक बार जो ठानी

❀❀❀

126

होते नही ऐसे ही कुछ

होते नही ऐसे ही कुछ।
चाहे वह आए सुख या दुःख।

जब निकलता हूँ मैं अपने घर से।
दम लेता हूँ अपने लक्ष्य प्राप्त करके।
सुबह से शाम से अंधेरी रातों मे।
कही खो जाता हूँ अनजानी राहों में।

न जाने इस भटकन में कब हो गया भोर।
चलते-चलते देखा कितनी शांति व शोर।

भोर हुआ आगे बढ़ा, हौसला भी दूना हुआ।
कहीं देखा श्राप कहर, तो कहीं अमृत दुआ।
तो दिखा कहीं अपनो का संगम, देखकर खुश हुआ
लक्ष्य के पार मिलेगा मेरा भी परिवार, सोचने लगा।

चलते-चलते चला गया उस मंजिल तक।
मंजिल पहुँचकर सोचा, विश्राम करू कितना गया हूँ थक।
आया एक फरिस्ता कहाँ तुम क्यों बैठे हो निर्रथक।
समय की लपटें लेगी घेर, कहीं कुछ और करे कल तक

फिर किया जीवन पथ कर चलना शुरू।
अब तक कितने हकिकत से हुआ रूबरू।

ऐ मनुज यू निरर्थक मत बैठो, तुम भी करो कुछ काम।
जब आ ही गए हो इस मृत्यु भूमी पर, तो तुम भी
करो नाम।

होते नही ऐसे ही कुछ।
चाहे आए सुःख या दुःख।

❋❋❋

कृष्ण कुणाल झा

127

श्राप या आशिर्वाद

बनते-बनते रह जाता है,
ये कैसा श्राप

छूते-छूते रह जाता हूँ उस मंजिल को
ये कैसा अभिषाप

चला सोचकर मिलेगा मंजिल कल
मिलते-मिलते रह जाता है
से कैसा मिलाप

दुषित मन था कल तक
कि चल पड़ा हूँ उस राह पर
पता नही था लौटना पड़ेगा
उस मंजिल तक पहुंचकर

पता होता मिलेगा मंजिल नही
तो कभी चलता नही
हर वक्त ख्वाव देखा
एक दिन होऊँगा मै उस मंजिल में कहीं

अब मै झूक चुका हूँ, लौट रहा हूँ
पीछे कि ओर

फिर दिखा गली, जाने को सोच रहा हूँ
और एक मंजिल है उस गली की ओर

पहूँच चूका मैं अपनी मंजिल तक
शायद वही था मेरा मंजिल अब
जिसका था इन्तजार
बढ़ रहा हूँ कदम दर कदम
ले चूका हूँ कामयाबी का शक्ल

बनते-बनते रह गया में कैसा श्राप
खोते-खोते मिल गया,
ये कैसा आर्शिवाद।

❋❋❋

128

सोच की वैशाखी

जिन्दगी उस से नही चलती
जिसका सोच ही हो वैशाखी के मोहताज

जिस्म, जड़ और जमीन
मायने नही है रखता
रखता है, किस सरदार के है आप सरताज

जिन्दगी उस से नही चलती,
जिसका सोच ही हो वैशाखी का मोहताज

उस हंसी भरे चेहरे में भी कुछ लिखा था
गिरवी था जड़, जमीन अन्दर गम छुपा था

पाने का ऐसा अदब की
उड़ान पंखो से नही, हौसलो से भरा था

चेहरे खिले अन्दर गिले हजार
फिर भी जताया नही एक-बार

लड़ता रहा, जुझता रहा
गिरकर, संभलकर चलता रहा

सोच लिया मन में, पाना है मंजिल अपने दम पर
चलता रहा हर दुःख, गम तजकर

लिए एक नया अलग अंदाज
जिन्दगी उससे नही चलती
जिसका सोच ही हो वैशाखी का मोहताज।

❀❀❀

129

हर लम्हा खास है।

हर लम्हा खास है
हर लम्हे से कुछ आश है
राह पर चलकर
हर मंजिल पास है

हर करम अपना करो
हर कदम अपना चलों
मिल जाएँगे चलते-चलते
हर जतन अपना भरो

कर्म प्रधान, कर्म-संधान
कर्म ही है हर समाधान
लक्ष्य तक पहूँचने का
कर्म है एकमात्र कमान

राह अनेक, राही अनेक
पर लक्ष्य है एक
हम है पाथिक
लक्ष्य हमारे लिए भी है बने।

जिन्दगी उस मुकाम का नही नाम
जो मिले बैठे-बैठे

राह पर चलकर जो किया श्रम
मंजिल भी उसी को चाहे-सराहे।

हर लम्हा खास है
हर लम्हे से कुछ आशा है
राह पर चलकर
हर मंजिल पास है।

❀❀❀

130

मातम और सितम्

यही खुदा बड़े सिद्दत से इस दुनिया को बनाया है
और यही खुदा बड़े सहज से बिगाड़ भी सकता है
कोई कह नही सकता आने वाले कल के लिए
है क्या देने के लिए हमे उस के पास तोहफा
रोचक आश्मा या भयंकर जलजला

हर तरफ जलजला का कारण भी यही
हर तरफ अग्निवर्षा का भी कारण यही
हर सुनामी, आश्चर्य का भी कारण यही
यही है हर पहलू का सिक्का कहीं न कहीं
हर तरफ का सितम भी यही
होने वाला मातम भी यही

ये चमकते सितारों कि वजह
यही है सप्तंरगी गुंजाइस
यही है धरती की सतूह
कही न कही इन्ही में छुपा है कुदरत की जगह
इन से निकलती नदी, समुन्द्र व नहर
इन से ही होकर गुजरता हर तुफान व कहर
हर अमृत, हर विष का यही जहर,

हर होने वाला का आभाष यही
यही लम्हा का चलना इसी मे छूपा कही

समुन्द्र की लपटे व लहर भी यही
हर प्रश्न के उत्तर भी यही,
गलत और सही।

यही है धरती की शोभा और शान
यही है घटते-बढ़ते, लाभ-हानि
इसी से होकर प्रकाश हवा व ध्वनि
संजीव ये निर्जिव भी।

यही है हर कारण का श्रोत,
हर तरफ इसी का बोल।

❀❀❀

131

किस काम का

ये रूप रंग श्रृंगाार किस काम का
जब दिन गुजर गया व्यर्थ

तो ये शाम और रात किस काम का
व्यर्थ है उसका जीवन,

जो कभी अपने आपको सराहा नही
नाम मिला ये नाम किस काम का
था तुम्हारे लिए, है तुम्हारे लिए
तूने नही लिया
'लिए' फिर किस नाम का

सूरज की रोशनी, चाँद की चाँदनी
पड़ता सब पर एक समान
कभी अनुभव किया नही
तो ये 'अनुभव' किस काम का

मिला जो तुम्हे वो सुनहरा पल
शायद बना सकता था कल अब्बल
तूने स्वागत किया नही
तो वो 'सुनहरा अवसर' किस काम का

वो खुशबू था मेरे लिए
वो चमन था तेरे लिए

तुने लिया नही
तो वो 'आभाष' किस काम का

हर पदार्थ है बना हमारे लिए
लेना कर्तव्य हमारा
लेकर जो 'अनुभव किया'
बस वो पल है हमारा

ये रूप रंग श्रृंगार किस काम का
जब दिन गुजर गया व्यर्थ
तो ये शाम और रात किस काम का

❀❀❀

132

अनजान रास्ते

चल पड़ा एक बार मैं अनजान राहों पर।
न दिन देखा न रात बस चलता गया उस पथ पर।
राहों पर बिछा था फूल, खुश हुआ मैं उसपर चलकर।
आसान देख, सुमार्ग देखा सोचा मंजिल होगा इसी पार।

चलता गया बस चलता गया।
जब मुड़कर देखा पीछे की ओर।
कही खो चुका था संवेरा व भोर।
सोचा लौट चलू अपने घर की ओर

लेकिन निकल चूका था इतना आगे।
नही मिला कोई अपना सरे-सगे।

मैने पुकारा कोई है, नही सुना कोई मेरी बात।
तभी आया एक फरिस्ता कहा ? चलो मेरे साथ।
उसने निकाला मुझे उस अंधेरे रात से।
फिर निकला मैं उस अंधेरे जाल से।

समझाया। हर सुगम रास्ता मंजिल तक नही पहूँचता।

मंजिल को देखकर आगे की ओर बढ़ना तू।
यदि काँटो की तकलीफ सहना पड़े तो सहना तू।
कभी भी अज्ञानता में नही रहना तू।

❁❁❁

133

मंजिल के पास

न देख पीछे, न देख पीछे
आगे देख मंजिल की ओर
तू लगा मंजिल का होर
बंद मंजिल का दरवाजा खोल

हाथ को खोलो, पैर को दौड़ाओ।
आलस को तुम दूर भगाओ।
दूर मत समझो पास ले आओ।
अपना एक लक्ष्य अपनाओ।

हर असंभव को संभव बनाओ।
हर नामुमकिन को मुमकिन बनाओ।
अपने जीवन को पाथक बनाओ।
अपना एक लक्ष्य अपनाओ।

खाओ कसम लक्ष्य को अपनाना है।
हर हक को हक से अपनाना है।
कोई भी चीज दूर नही, सब पास है।
बस है इतना अपने लक्ष्य पर अड़िग रहना है।

❀❀❀

134

हौसला

जब चीटी चढ़ती है दीवार पर
बार-बार फिसलती है हर बार
फिर भी चढ़ने कि कोशिश करते लगातार

जब शेर आस लगाएँ रहते है शिकार का
दाग देता हूँ उनके धीर का
कर लेते शिकार शिकारी का
बलिहारी है उनके हौसला का

देखो बैठा हैं वक नदी के किनारे
जीते हैं यह मछली के सहारे
आँखे व घ्यान है मछली पर इसके

एक है देखो मनुष्य का जीवन
सोते जागते रोते हर तरफ जीवन
कर्म के फल के चिन्ता मे जीवन
लगता है जैसे बैठे रहना है इनके अधीन
कर्तव्य करना ही है फल के प्रतीक

❀❀❀

135

आशा की दीपक

क्यों पाता है लाचार और बेबस अभी से।
क्यों पाता है कमजोर सभी से
होगें सारे काम तुम्हि से
होगें पूरे काम तुम्हि से।।

मन के अंधेरे को तुम दूर भगाओं खुद से
आशा कि दीपक जलाओ खुद से
मन कि शक्ति को जगाओ खुद से
सारे बिगड़े काम बनेंगें।
होंगें सारे काम तुम्हि से।।

न सोचो कि क्या पाया-खोया हमने।
सोचो की क्या त्यागा हमने
जब सोचोगे तो पाओगे उत्तर खुद से
होगें सारे काम तुम्हि से
होगें पूरे काम तुम्हि से।।

136

जो चल दिया सो पहूँच गया

बैठने वालों को पता क्या, राह किस सफर का नाम है।
चल दिया सो पहूँच गया, मंजिल किस रेत का नाम है।।

घर था उसका उस जहाँ मे, आया न कभी लौटकर
कैसे पता चलता भला उसको, जिन्दगी किस लोक का नाम है।

राह था बना, मंजिल था चुना, हर तकदीर था उसका खुला
फिर कैसे पता उसको, जतोजहित क्या भीड़ है।

हर दिन सवेरा हो ही जाता था उसके जीवन में,
फिर पता कैसे, रात किस अंधेरे का नाम है।

नामुमकिन था नही कुछ, असंभव होने नही देता,
था राह भी फूलों से लदा,
तो पता कैसे कांटे किस बाग का नाम है।

शाम उसके जीवन में सिर्फ विश्राम का बहाना
चलता कैसे पता, तकदीर अस्त किस सूर्य का नाम है।

रेत, लोक, जतोजहित, अंधेरा, काँटा, जिल्लत तकदीर
पता चलता नही मनुष्य को इनसे गुजरे बिना,
जिन्दगी आशिर्वाद या श्राप है।

बैठने वालों को पता क्या, राह किस सफर का नाम है
चल गया सो पहूँच गया, मंजिल किस रेत का नाम है।

❁❁❁

137

मेहनत, हिम्मत और लगन

मेहनत, हिम्मत और लगन से ही होता सपना साकार।
गर्जते बादल को कौन है सुनता ?
वर्षते बादल से ही होता अदभूत आभाष

सुबह चला था क्या सोचकर
शाम लाया क्या साथ अपने घर
सोचा है कभी-
जिन्दगी मिला है क्यों हमें
क्यों है यह हाथ पैर व पुरा घर
क्यों भेजा खुदा ने इस धरती पर,
सोचने कि शक्ति, बनाता हमे सबसे अलग,
प्रजाति नर।

यह सुबह किस लिए और ये शाम
रातों की अंधेरी गुफा किसलिए
खोया तो क्यो कोई थाम
ऊँगली पकड़ लाया उजाले किसलिए
क्यों यह आशिर्वाद और श्राप
उठाता गिराता, संभालता किसलिए

सफलता का मतलब नही समझता था कल तक
आज हूँ मैं सबसे सफल
ये कोई चमत्कार या हुआ अपने बल पर

सोचता हूँ कभी तो करता हूँ आंकलन
कि-हुआ क्या मुझसे ऐसा सतकर्म
बन गया मैं भी जग का अभिन्न अंग

था आधा-अधूरा कल तक
जो भी मिला, मिला अपने दम पर
हिम्मत, मेहनत और अपने दम पर
कर शपथ गर्जते छोड़, बर्षत वर्षात संग भिंगे-भिंगाएँ
एक वक्त रहते उज्जवल नाम को सतत् फैलाएँ।

कर्म प्रधान है बुद्धि रहित बल को प्रयोग में लाएँ।
जीवन संधर्ष का नाम है-
धिष-धिष कर सोना सा चमकाएँ।।

❀❀❀

परिश्रम का फल

श्रम के सहारे है मनुष्य जंगली से वर्तमान में पहूंचा।
श्रम के सहारे है 'एरो प्लेन' आकाश में उड़ता ।
श्रम के सहारे है वैज्ञानिक नवीन खोज करता।
जिसके सहारे हमेशा मनुष्य सुखी में है रहता।

जो मनुष्य अपने हिस्से का काम बिना भोजन है करता।
वो मनुष्य निःसदेह चोर है कहलाता।
परिश्रमी हमेशा स्वाभिमान से है जीता।
उसे किसी का भी नही, जरूरत है पड़ता।
विद्धानो का कहना हैः-

बैठे रहने वालों का भाग्य भी बैठ जाता है।
खड़े होने वालों का भाग्य भी खड़ा हो जाता है।
भाग्य के भरोसे सब बैठे रहता नहीं।
परिश्रम भाग्य खोलने का एकमात्र रास्ता है।

है मनुष्य के हाथ मे परिश्रम, परिणाम नही।
परिश्रम कर-आत्म संतोष ही है सही।
परिश्रम सफलता की कुंजी है, भाग्य की नही।
मोती गहराईयाँ में मिलती है, तट पर नही ।
अतएव् :- परिश्रम कर भाग्य के सहारे रह नही।

❋❋❋

139

कर्म रथ

एक सुबह मैं जब जगा
मुझे उठते ऐसा लगा
है मुझमें भी शक्ति अपार
जीत सकता हूँ मैं भी एक बार

लिए शस्त्र चला रण की ओर।
देख सेना की लम्बी छोर।
मन धैर्यहीन लगा होने
थर-थर लगा काँपने

लिया एक गहरी लंबी साँस
करने लगा युद्ध, बांधकर आश
हार जीत का प्रश्न नहीं था
मेरे जहन में प्रथम कर्म कहीं था

पूर्व से चला पश्चिम तक गया
उत्तर से होकर दक्षिण तक चला
भाँप लिया मैंने जीवन रथ है क्या?
कर्म रथ चढ़-आज मैंने विजय को भी चखा

युद्ध तो एक काल्पनिक दृश्य है
यदि करता नहीं हिम्मत उस प्रभात
बन न पाता मैं कभी प्रताप
जीवन सिर्फ अवधि लांघना नहीं
हिम्मत संग 'साधना' है कहीं
ऐ मनुज यही है.जीवन उपर्युक्त स्वर्णिम अवसर
साथ चल पकड़कर लगाम कसकर

❀❀❀

140

जीवन की छलांग

ये जिन्दगी कहाँ से आया
शाम से सीधा सुबह पहुँचा दिया
मेरा रात कहाँ गयी कोई मुझको बतलाओ
देखना था मुझको टिमटिमाता तारों के बीच
अपना सुनहरा सपना

देखना चाहता हूँ कैसे जमाता है चाँद
अपनी चाँदनी
कैसे होती है पूर्णिमा की रात, दूधिया रौशनी
वह ठंड़ सन्न कड़कड़ाती रातें
और वो सावन की भीगी बर्षातें

होती है क्या-क्या रातों में गस्ती
कहते हैं लोग-उपर तारा नीचे जुगनी
देखना चाहता हूँ, अदभूत कुदरत की निशानी

नीद का सतह लगता होता कैसे रातों में
दूध सा उजला सुना है बातों में
जिन्दगी में सब कुछ देखा मैने
छोड़ रातों कि परछाई
अब कुछ और हसरत नहीं
बस खोल दे एक पल के लिए मेरी आँख
इन चाँदनी भरी रातों में
इन मोती भरी बाँहों में

141

मान नहीं सम्मान नहीं

होता मान नहीं सम्मान नहीं
जिसके अंदर है श्रम उसका कभी अपमान नहीं
होता जिसको खुद पर विश्वास की तस्वीर
बदल लेता है खुद से तकदीर
एक वक्त, एक जगह ठहरता नहीं
हर व्यक्ति एक लय में चलता नहीं

होता मान नहीं, सम्मान नही
जिसके अंदर है श्रम उसका कभी अपमान नही
चिड़िया उड़ते हैं उड़ान हौसले के बूते
एक जगह रहता है जानवर सहारे खूंटे

है नही जानवर हम चलते हैं, करते हैं श्रम
एहसास है हम में करते हैं क्या हम
राहों में चलते हैं आती हैं मुश्किलें हजार
बढ़ना चाहते हैं, कोशिश करते हैं लगातार बार-बार हर बार

सफल में खुशी नहीं, विफल नहीं दुःखी नहीं
होता मान नहीं सम्मान नहीं
जिसके अंदर है श्रम उसका कभी अपमान नहीं

लालसा जगाएँ, राहे बनाएँ, खुद को आगे बढाएँ
मंजिल तक अपने आप को प्रोत्साहित करें

अपनी जिन्दगी को खुशनुमा बनायें
एक सितारा खुद मे सजाएँ

पाकर सोचो कभी कितना खोया नही
होता मान नही सम्मान नही ।
जिसके अंदर है श्रम उसका कभी अपमान नही।।

❁❁❁

प्रकृति मौसम वसंत व सावन

प्रकृति व्यापक अर्थों में हमारे चारों तरफ के वातावरण को कह सकते हैं। प्रकृति प्राकृतिक-शरीर भौतिक संसार या ब्रह्माण है। प्रकृति का उल्लेख करना भौतिक अवस्था का पूर्ण अध्यन है। प्रकृति अध्यन का सबसे बड़ा स्रोत हमारा विज्ञान है। और विज्ञानों में भौतिक शास्त्र को जानना, सिर्फ जानना नहीं पूर्ण जानना ही प्रकृति के तह तक जाना है। प्रकृति सिर्फ वन, जल, हवा, ऋतुओं का आने जाने का सिर्फ कारण नहीं हो सकता, प्रकृति पूरे ब्रह्माण से लिपटा हुआ परत है जो निरंतर अपना भेश बदलता रहता है। आज प्रकृति की कुछ परिभाषा होगी, बदलकर कल कुछ हो जाएगा। लेकिन एक परिभाषा कभी नहीं बदलेगी और वो है-जीवन यापन में सबसे महत्त्वपूर्ण योगदान प्रकृति का ही है। मानव हर क्षण प्रकृति के साथ दिखाई पड़ता है। मानव शरीर प्रकृति के पंच तत्त्वों से मिलकर बना है और जीवन के उत्पन्न से लेकर अंत तक प्रकृति व्यास की तरह घेरे रहता है। जिसके बीच जीवन खुद को सुरक्षित महसूस करता है। प्रकृति हमे जो भी दिया है उसका हिसाब लगाना अत्यन्त कठीन काम है, स्वास से लेकर बुद्धि के बल तक मानव जीवन को प्रभावित करती है हर पल हमे शिक्षा प्रदान करती है।

मनुष्य आज छिन्न भिन्न रूग्न से परेय सुन्दर कल्प सजग बुद्धि के साथ जीवन यापन कर रहा है तथा स्फूर्ति शक्ति का संचार के कारण प्रकृति ही है। प्रकृति से हमारा जग-जीवन शांत, आनन्दित है।

प्रकृति निरंतर चलने वाली वो धारा है जिसका न कोई आदि है न अंत। प्रकृति पूर्ण परोपकारी है। प्रकृतिक निःस्वार्थ भाव से परोपकार करता है। यह बिना किसी से आशा रखे अपना कोष सबके कल्याण हेतु सदैव तत्पर्य रहती है। लुटाती रहती है। वृक्ष स्वयं अपना फल नहीं खाते, सागर, नदी अपना स्वयं पानी नहीं पीते। चिड़ियाँ-कोयल खुद के लिए नहीं गाती। वायु खुद के लिए नहीं बहती वो तो दूसरो को जीवन स्वास चलते रहने के लिए निरंतर बहती रहती है। कही न कही चिड़ियाँ का आकाश में विचरन करना भी हमे शिक्षा प्रदान करना है। आज मनुष्य का हर क्षण प्रकृति का ऋणी है।

लेकिन वर्तमान समय में इस पर टिप्पणी करने की कोई जरूरत नही है की, आज हमारा प्रकृति, हमसे रुठा हुआ है। इसका कारण हम खुद है। जिस तरह हम प्रकृति

को नष्ट करते जा रहे हैं। घरों, दफ्तरों में सजा लिया है, स्वार्थ वस जंगलों को काट महल खड़ा कर दिया।

प्रकृति ने हमे क्या कुछ नहीं दिया ऐवज में हमने प्रकृति के साथ कैसा दुव्यवहार किया है, हम प्रकृति के साथ नहीं सत्य तो यह है कि हम खुद को ही बर्बाद कर रहे हैं, हम अपने भविष्य को बर्बादी की राह पर ले जा रहे हैं।

इस विषय पर कुछ और कहने की जरूरत नहीं की जो आज गंगा मैली है। प्रदूषण का भरमार है, बिमारियों का समूह। इसके जिम्मेदार भी हम ही हैं। माननीय वर्तमान प्रधानमंत्री नरेन्द्र मोदी जी द्वारा चलाया जा रहा मुहिम 'स्वच्छता अभियान' वाकई काबिले तारीफ है। यदि यह मुहिम इसी तरह चलता रहा, सबका सहयोग मिलता रहा तो एक दिन हमारा देश अवश्य प्रदूषण मुक्त हो जाएंगा। इसमें सबका सहयोग आवश्यक है। किसी एक समुदाय या समाज को लेकर यह मुहिम सफल नहीं हो सकती उसके लिए संपूर्ण देश की भागीदारी आवश्यक है।

आज हम यह शपथ खाएं की यदि हम एक पेड़ कांटते है तो, अवश्य ही दो पेड़ लगाएंगे प्रदूषण नहीं फैलाएंगे, जिस तरह हम लोग घर को साफ रखते है उसी प्रकार सड़क, दफ्तर आसपास सफाई रखेगे। इस स्वच्छता संग्राम में स्वच्छता सेनानी बन विश्व को स्वच्छता में भी अपना ऋणी बनाने का संकल्प करे।

"प्रकृति से हम हैं, हमसे प्रकृति नहीं"

वसंतः वसंत जीवन में भरने वाली संचार उत्साह है। हवा के मंद बहाव की तरह लगने वाली न सर्द न गर्म की भांति आभाष है। वसंत फाल्गुन (मार्च) में आने वाली सिर्फ एक मौसम ही नहीं अपितु हमारे जीवन के वो सुन्दर समय है जिसमें राग है, सुंगध है, जीवन के कड़वाहट दूर करने वाला, दोस्ती के रंग में रंगने वाला रंग है। बुराईयों को जलाने वाली होली का दहन। ज्ञान को भरने वाली माता सरस्वती की आगमन का मास है। वसंत एक पवित्र तिथि है। भगवान श्री कृष्ण ने भी कहा है ऋतुओं में मैं वसंत हूँ।

सावनः सावन अर्थात् गर्मी के पश्चात् का महीना जब धरती में सूर्य की गर्मी के तपन से शोध दरार आ जाती है नदी, नाले झील सुखने लगता है। तब उसे भरने के लिए 'सावन' आता है, सावन आकर हर बज्र भूमि को उपजाऊ बना जाती है धूल दब जाती है, जीवन कि बुराई को अच्छाई का आभाष करता है 'सावन'। सावन

में मोर का नृत्य, काले बादल गरजते मेघ, कड़कती बिजली हमसे बहुत कुछ बयाँ करती है।

सावन एक जीवन है जिसपर रिमझिम पानी की बूँद पर कर जीवन जीने में उल्लास, उत्साह भरती है। सावन में चारों तरह पेड़-पौधे जिस तरह हरे भरे हो जाते हैं उसी प्रकार हमारा जीवन भी हरियाली से भर जाता है।

सावन दुराचारियों के लिए बज्र का प्रहार और सज्जन के लिए प्रेमता का पूर्ण आभाष। जिस प्रकार सावन में पानी समुद्र से भाँप बनकर बादल में जाकर सबपर बरस कर जीवन को आनन्दित करता है। उसी प्रकार जीवन में भी बहुत सारी अच्छाई है जिसको हम दूसरों पर बरसा सकते है।

सावन आकर हमारे समाज के बुराईयों को कण-कण धोता है। सावन सिर्फ एक ऋतु ही नहीं बल्कि उमंग का पिटारा है। चलें कुछ इन्हीं प्रकृति मौसम वसंत सावन विषयों पर कुछ बूँद सा कविता रूप में पढ़ते जानते हैं।

142

कह रहा पेड़ और पौधा मुझसे

कह रहा पेड़ और पौधा मुझसे
मत काटो रहने दो मुझे जड़ से
है मुझमे भी जान, होता है दर्द
मत करो अलग, मेरी टहनी मुझसे।।

दुनिया नादान है समझ नहीं रही मेरी भाषा
चीखता रहा-चिल्लाता रहा पर नहीं सुन रहा कोई मेरी आवाज
समझ नही रहा कल को मुझसे आश
वन को उजार रहा, रहा खुद का घर सँवार
जब होगें घर पर नही होगें चिड़िया-चहचहाती हजार
बढ़ती प्रदुषण कर रहा शोर
मत काटो, पेड़-पौधे, रहने दो मुझको।।

बीत रहा जंगल, सूनी हो रही बाग
कौन दिलाएगा इससे निजाद
कल होगी जल की संकट भारी
विलुप्त हो गए खुद में सारे।।

कैद कर लिया बागों को भी घर में
कह रहा पेड़-पौधे मुझसे
मत-काटो रहने दो मुझे जड़ से

हरे-भरे शाखा टहनी, बीते दिन बनकर रह गया
सुखी पत्ती, गट्टर डाली, नमुने बन के घर में सज गया

पेड़ो की ऊँची शाखा बस तस्वीरों मे सिमट कर रह गया।।
एक पुरी विरासत ही पक्षियों का उजर गया
चुप्पी साध खुद को स्तब्ध कर लिया
ऊँची उड़ान छोड़, पिंजरे में कैद हो गया।।

उजड़ी हुई विरासत, पूछ रही मुझसे
जो होना नहीं हो गया अब से
उखड़ चुका पूरी तरह अब मै जड़ से
हो सकता है मिलेगें फिर किसी अगले जन्म मे।।

❋❋❋

143

पर्यावरण

पर्यावरण और वन का है संबंध गहरा
ये है सचमुच जीवनदायक हमारा
ये वर्षा लाने मे करता सहारा
पर्यावरण उपजाऊँ शाक्ति को है बढ़ाता

पर्यावरण है नदी झरणों अन्य जल का भंडार।
यह है देती हमें कई अन्य भोजन वनस्पितयों का आहार।
यह है देती लकड़ी, फूल, और खाध पदार्थ गोंद करती।
हमें प्रदान।
जिसके सहारे करते जीवन को हम बेहद आसान।

दुर्भाग्य से हो गया है पर्यावरण दुषित।
मनुष्य पर है पर्यावरण कुपित।
हो गया है नगरों का जल दुषित।
हो गयी यमुना विशाल नाले में परिवर्तित।

बढ़ रहे प्रदुषण को रोकना है बहुत आवश्यक।
है दो बेहतर उपाय-रोक जनसंख्या, सुविचार नियोजक।
यथासंभव हरियाली को बढाओ।
अनमोल पूँजी पर्यावरण को बचाओ।

❀❀❀

144

वसंत का स्वागत अभिनंदन

चलो करें वसंत का स्वागत अभिनंदन
कोयल मोर पपीहा संग करते वंदन

सस्वती, शारदे माता विघा दात्री
देखों आयी माता विराज हंस आसन

नव-नव हृदय जोश उंमग
आगे की तैयारी लाल-गुलाब व रंग
कहीं पतझड़ होकर नव-नव पल्लिवित बाग
खुशबू धरती, खुशबू वादियों के साथ

मध्यम धूप धीमी हवा का झोंका
न आभाष सर्दी न गर्मी का होता
बीच-बीच स्थिर जलवायु मौसम
है एक मधुर कोमल आभाष जगाता

हर तरफ बाग-बगीचे लदी फूलों की डाल
करता मधुर सरस भौरा गुनगुनाता राग
तितली चंचल लाल-पीले सौदर्य बढ़ाता
सुखद समावेश का जैसा सजा हो थाल

अंगड़ाई लेती नव-कुसुमित रंग-बिरंगी कली
बाग बगीचे फूलों से लदी-भड़ी
खुशमय मौसम का लुप्त उठाते नर व नारी

❀❀❀

145

नव पल्लवित, नव-नव जीवन

पतझड़-झड़ झड़, नव पल्लवित
नव-नव जीवन कुसुमित

हरा भरा वन ये उपवन
दशों दिशाएँ हँस-हँस खेलती

कहत जन-जीवन बितत सर्द
स्वागत करत बसंत पंचमी

कहीं कोयल-सुर गावत
कहीं भौंरे राग सुनाती

बाग-बगीचे मोहक लागत
पेड़ो पर मज्जर सुंगधित

न गर्म न सर्द आभाष जगाती
देखो आई माता सरस्वती

ले आशीर्वाद करे वर्ष शुरूआत
माँ शादरे संग ज्ञान प्रगति

इच्छा मन हर पूरा होता
लाभ-हानि हर चीज सिखाती

आसामां बीच तितली पतंग
ऊँचे उठने की अरमा जगाती

यूं ही चलती रहे जिन्दगी लगातार
रहे हमेशा ऐसा ही मौसम चलती-चलाती

146

बसंत का बहार

देखो आया बसंत का बहार
चारों तरफ खुशियों की बौछार

बागों में कोयल की मधुर आवाज
कभी ठंढ़ी तो कभी गर्मी की बौछार
तो कभी आती है बारिष की फुहार

चारों तरफ हरियाली का है सुन्दर फिजाएँ
देखो कैसे नाचें मोर पंख फैलाएँ
लहराए हरियाली खेतों की शीशे फसले
हरे-भरे देखो कैसे हैं खेत और खलिहान
देखो आया कैसा मन भावक वसंत का बहार

इस अमृत वसंत में माँ सस्वती का आगमन
लग रहा है ऐसा, जैसे गा रहा हो अग्नि, जल पवन
भक्ति के सागर, मे है भक्तिमय पूरा संसार
धन्य हुआ पाकर माँ-शारदे का आशिर्वाद

देखो आया बसंत बहार
चारों तरफ है खुशियों की बौछार

❁❁❁

147

पतंग से संदेश

ऐ पतंग जा मेरे गाँव
पता कर आ.............
है क्या वहाँ का हाव-भाव
क्या कर रही है मेरी माँ
और मेरी बहन.........
क्या उड़ा रही थी पतंग या कुछ और
ऐ पतंग जा मेरे गाँव।।

उड़ता जा - उड़ता जा रूक मत
हर उस अंतिम छोड़ तक
ऐ पतंग ले जा एक मेरा संदेश
कहना मेरे पिया से, लिखने को खत
है वो रहते न जाने कितने दूर किस देश
ऐ पतंग उड़ जा तेज बनकर रथ।।

मैं सैनिक छोड़ नहीं सकता इन माता को
जरा काम कर इतना संदेश पहुँचा दे
ऐ पतंग कहाँ उड़ा जा रहा ईधर को
मेरे सथियों को.......
कहना याद करता हूँ मै बहुत
शाम संवेरे तड़पता हूँ मिलने को
ऐ पतंग कहाँ जा रहा इधर को।।

अब मुझे कोई काम न कहो अबकी बार
जाना है मुझे सात समंदर पार
लौट कर आना है जल्द ही इस बार
किसी की माँ, किसी की बहन
और किसी के पिया, दोस्त यार का
लिए संदेश उड़ रहा है मौसमी डाकिया।।

सफर भले ही है दूरी नही है फिक्र
पहुँचना है मुझे हर हाल में
सबको संदेश अति शीध्र ।।

मै पतंग उड़ता मस्त हवाओं के संग
जहाँ होता है जाना उड़ जाता मैं
लगाकर संदेशों की पूँछे अपने संग।।

❀❀❀

मुरझाई हुई कली

जो थी कल तक शान बढ़ाती
क्यों है आज वो कली मुरझाई।।

जीवंत फल-फूलों का परिवार
आज क्यों है इतना निराश।।

कहाँ गया वो पेड़ व पौधे बता
जो था कल तक यहाँ खड़ा।।

ये पशु व पक्षी मौन है धारण
हर सवाल का एक ही कारण।।

पूर्ण स्वार्थी हो चला मनुष्य
काट चला अपना ही भविष्य

जहाँ था कल तक बाग बगीचे
हो चला दफन सब महल के नीचे।।

हाय-हाय कर रहा जीवन-प्राणी
तरस गया देखो बिन पानी
हुआ है क्या अभी जन बत्तर
मिलेगा दिन-दिन इसका उत्तर

पवन की बात

देखो कैसे मस्त पवन के झोंके
रूक नही रहा किसी के रोके
कह रही है हूँ मै हवा
जाऊँ मै जिधर मन कहे।।

हूँ कभी गर्म, कभी सर्द
करती फिर रही सबसे एक ही अर्ज
सिर्फ महसूस करो...............
छूकर छेड़कर मत दो दर्द।।

हूँ मैं करना चाहती आसमां से बात
करती हूँ कोशिश दिन व रात
पहुँच नही पाई मैं अब तक
एक कण को लिए चलता हूँ अपने साथ।।

हार नही मानूँगी मैं कभी
चाहे ठुकरा दे मुझे सभी
मै एक तरंग, हवा सबका जीवन
रह कर यहाँ वहाँ हर जगह
पता नही हूँ कहाँ मैं अभी।।

सोते हो तुम सब, सोता नहीं कभी मैं
हो पर्वत चाहे अथाह नीचे खाई

रहकर हर जगह, हर प्राणी का हूँ मै प्राण
लिए सबका संदेश पहुँचाता मैं।।

मै चाहूँ धूप छटा दूँ
चाहूँ बादल घटा दूँ
हूँ मैं हवा हूँ
चाहूँ तो रिमझिम बारिश करा दूँ।।

हित चली करने को काम लोगों के
देखो कैसे मस्त पवन के झोंके
रूक नही रहा किसी के रोके।।

❀❀❀

150

इस खुशनूमा वादी का श्रृंगार

इस खुशनूमा वादी का श्रृंगार
कुकते, चहचहाते कोयल की आवाज
भौरे नित्त फूलों पर मंडराए
बागों मे नजारे, हरियाली का सौगात

आसमा मे इन्द्रधनुषि रंग
नीचे हुश्न वादियों के संग
मिलाया है खुदा भी अजीब
त़ोता, मैना, कौआ कितना करीब

कौआ कऐके, तोता बोले कोयल धुन बजाएँ
भौरा आकर, धीरे-धीरे सारा रस चुराएँ
मोर आकर, अपना कर्तव्य दिखाएँ
पतझड़ आकर, सारा सौगात बिगारा
आकर सावन फिर से उसको है सवारा
कितना अजीब है मौसम का भी आना
या है ये बस बहाना.....................।

इन पेड़ों कि शाखाएँ, लताएँ
बोलती हैं अजीब सी भाषाएँ
कहती है, हूँ मै आसमा छूएँ
फिर भी मेरा जड़ है धरती से गड़े

इस खुशनुमा वादी का श्रृंगार
कुकते, चहचहाते कोयल की आवाज

151

चली मै-चली मै

चली मै, चली मैं।
हवा सी, चली मैं।।
छोड़ ये दुनिया
जहाँ से चली मैं

ख्वाबों को लिए
आँखों में सजाएँ
छोड़ ये दुनिया
उड़ चली मैं

चली मैं, चली मैं
हवा सी चली मैं
कहाँ थी, कहाँ से उड़ी
और कहाँ से चली
होश न खबड़ है
हवा संग उड़ी मैं

हर सपना आँखों में
हर ख्वाब साथ मे

लेकर साथ इसे
इस हवा संग उड़ी मैं

चली मैं, चली मैं
हवा सी चली मैं

तितली भौरे मेरे साथ
पुष्प पत्ती मिले सौगात
हो रही है अब बागो से बात

कितना सुन्दर, भाए राग
अब मोर पपीहा, तोता मै

चली मै, चली मै
हवा सी, चली मै।।

❀❀❀

152

मैं वसंत तू वसंत

मै वसंत तू वसंत
अब ये सारा जहाँ वसंत
जो चल परा उस पथ पर
उसके लिए हर मौसम वसंत

वसंत नाम नही किसी मौसम का
ये उमंग है हर खुशहाली का
जहाँ मिले सपनों को पर
वक्त है वसंत के पुरवाई का

मै वसंत तू वसंत
अब ये सारा जहाँ वसंत

वो हरियाली भरी सपनों का
लगा जो लगने हकीकत सा
चढ़कर उस शीर्ष मंजिल पर
दिखा जो खुशी अपनों का

मन में जब कौंधा उजाला
लगा जैसे वसंत है आया
दिल में लगा खिलने कली
जैसे दोपहर में कोई छाया

मै वसंत, तू वसंत
अब ये सारा जहाँ वसंत

उसी वंसत मे पतझड़ और
पनघट जैसी मन हर्षित
एक ही मौसम का कैसा मेल
दुख है पर सुख भी सम्मलित।

वो सुन्दर उपवन
खल-खल हर्षित मन
इस वसंत का उपहार
हर मन मुग्ध यौवन जन

मै वसंत तू वसंत
अब ये सारा जहाँ वसंत।

153

अलविदा वसंत

बीत रहा वसंत ऋतु अब तो
कोयल मोर, गा रहा विदाई सब तो,
मुस्काते पेड़, झड़-झड़ पत्ता
कह रहे करते अलविदा-

आओगे कब मेरे मौसम राजा
देते जाओ तुम मुझे अपना पता
आऊँगा मिलने तुमसे कभी-कभी
यूं न मूँह मोड़ जाओ होकर खफा
ऐसा हुआ क्या मुझसे गुनाह

वसंत-आऊंगा मैं अगले वर्ष
बितते कड़कते भीषण सर्द
सरस्वती वंदना गुनगान,
और सुहानी मौसम संग पतझड़
यही होगा मेरा संदेश भरा खत

जा रहा हूँ मै फिलहाल
करो हँसी खुशी मुझे विदा
मत लो किसी मौसम का नाम वृथा

हर समय एक एहसास है
स्वीकार डट कर मुकाबला सीखो करना

गर्म, सर्द और वर्षात
सुख दुख अति आनन्द एक आभाष है।
यही काल चक्र, साथ सीखो चलना
हर अगला दिन-दिवस, नया जीवण की प्रभात् है।

❁❁❁

154

बीत गए हैं वर्षों पहले

बीत गए हैं वर्षों पहले
आए धरा पर बूँद अकेले
रिमझिम-रिमझिम कहाँ है अब
तरस गए है मानव जन अब।।

सहजा बादल ठनका बिजली कड़का
पता नहीं धूप आया कहाँ बूँदो वर्षा

जन मन तन बैठा ही रह गया
ये चट्टान शिला ही रह गया।।

था जो कल तक सोया धरती
आज भी है वो कल-कल तपती
खेतों में दरारे शोंध रहा
गाँव-गाँव सन्नाटा पसरा।।

वर्षा हुए हो गए वर्षों दिन
छटपटा रहा जीव पानी अमृत बिन
सुख गया पेड़ और पौधा अब तो
पशु-पक्षी छोड़ गया साथ सब तो।।

छिन्न-भिन्न हो रहा खेत व खलिहान
अतिश्य दे रहा जन तन नर नारी बलिदान।।

था पोखर सीमा पर एक बचाता जान
मुँह फेर गया, कर गया अपमान

जीना है दुर्लभ न मरना आसान
ये है आत्महत्या या बलिदान।।

हे प्रभु दे रहा तू किस पाप की सजा
होकर प्रकट समक्ष अब कुछ तो बता
तेरे अपने दुलारे मर रहा
क्यूं तू चुपचाप सह रहा।।

आ बता हमारी गलती क्या है
या हुआ कोई अपराध मुझसे बड़ा है
बीत गए हैं वर्षों पहले
आए धरा पर बूँद अकेले

❁❁❁

अमृत घटा बूँद बन आया

अमृत घटा बूँद बन आया
सावन मदहोश सबको बनाया
जीवन मे अक्सर द्वेश व पीड़ा
आकर बूँद कण-कण धोया
अमृत घटा बूँद......................।

देखो मौसम सावन छाया
गरजते बादल हुँकार किया
चमकते बिजली यौवन श्रृगांर किया
बूँद-बूँद मिल मुसलाधार किया
यही है ऋतु सावन विशेषता
शीले चट्टान खेत खलिहान मोम किया

अमृत घटा बूँद ....।
देखो मौसम सावन आया

चोटी ऊँची टकराकर बेताब उतर रहा
अति शुभ कणक धारा अम्बर से उतर रहा
देख-देख मन अति पुलकित
ये ऋतु सावन शुभ-संदेश कर रहा
एहसास मधुबन फल-फूल प्रफुल्लित
करवट धरती पावन ले रहा

आसमा मे देखो महमा आया
अमृत घटा, बूँद बन आया
देखो मौसम सावन आया।

हरा भरा जीवन धरती पावन
सुगंधित मिट्टी सोना सा सावन
मृदुल आभाष-भिंगा एहसास
चारों तरफ सिसक-सिसक ठंडक पवन
यूँ खुशियाँ सुखियाँ बौछार किया
अमृत घटा बूंद बन आया
देखो मौसम सावन आया

❀❀❀

156

जल निर्जल, वन उपवन

जल निर्जल वन उपवन है जिसका श्रृंगार
नारंगी गोला सुन्दर जिसका है आकार
जिसके मस्तष्क हिमालय है इतराता
जिन्हें निर्मल गंगा चरण पखारती माता
वह सुन्दर धरती हमारी पृथ्वी माता

जिसके विशाल भुजा में समाया लाखो प्राणी
आधार श्रोत है कितने वन, पर्वत और पानी
जिसने राहगीरों को राह दिखाया
असंख्य-अनंत खुद में है प्राणी समाया
जिसके सर सदैव है ध्वज लहराता
वह भारत देश हमारा, वो भारत देश हमारा

जो खुद से है निकालती दुग्ध रूप पानी अमृत
जो दिया है खुद के रूप मे 'भारत' सुख और समृद्ध

वो भारत हमारा रहेगा सदैव महान
उस देश का भला कौन करेगा अपमान
तेरे लिए गाएँ हर दिन सब मंगल गान
भारत माता तुझे कोटी-कोटी प्रणाम।

❀❀❀

157

देखो आया मौसम सावन

देखो आया, मौसम सावन
कड़कत बिजली, गर्जत बादल
घने काले सुन्दर अति भावुक
रिमझिम-रिमझिम वर्षा झड़-झड़
देखों आया मौसम सावन।।

चारों तरफ हरियाली रंगत
भिंगा एहसास, शुरू अंततः
खेत-खलिहान लह-लह शीश
घासो की परत, धरती सतह
बाग-बगीचे हरा-भरा उपवन
देखो आया मौसम सावन।।

गर्जते बादल, सुंदर राग सुनाता
कड़कते बिजली, सबको राह दिखाता
है तू कहाँ, किसी लोक में
बहरे को भी यह संदेश सुनाता
ये धरती है स्वर्ग सा पावन
देखो आया मौसम सावन।।

आसमा अपना संदेश धरती तक पहुँचाता
धरा बूँद को छू अपना प्यास बुझाता
देखो कैसा अपना माटी आगोश मे लेता

जन-उपकार करता, नदी-नाले को भी भरता
कैसा उदार दिल वास्ते जीवन जन
देखो आया मौसम सावन

कली एहसास, भिंगा मुस्कान
मिट्टी धरती कर रही खुशबू प्रदान
जन-जीवन धन्य हुआ पाकर अद्भूत वरदान
जन-जीवन रहेगा हमेशा खुदा का कद्रदान
जो है सर उपर छत रूप में आसमां
आई गिरती बूँद धरा पर नूतन मनभावन
देखो आया मौसम सुन्दर सावन

❀❀❀

158

घनघोर घटा बादल छाया

घनघोर घटा बादल छाया
देखो कैसा मौसम सावन आया
कड़कते बिजली ठनकते बादल संग
देखो रिमझिम फुहारा वर्षाया।।
देखो कैसा मौसम सावन आया

मुरझाया कली खिल उठा फिर से
सोया मोर सुंदर नृत्य करने लगा फिर से
हरियाली चारों ओर सावन घटा कारण
लगता जैसे ले रही धरती सांस अंगराई से

देखो कैसे आसमा से धरती बातें करता
देखो मिलन, मनभावन मौसम सावन आया।।

कभी फुहारा, कभी बद्री तो कभी मुसलाधार
देखो करता कैसे वर्षात, दासा होकर सवार
कड़कती बिजली ठुमकते बादल
जैसे मौसमी राग हो सुनाता
चला है कैसे धीमी हवा साथ वर्षात्

भीगी परत् भीगी एहसास भी साथ लाया
देखो सुन्दर सुगंधित मौसम सावन आया

गरज-गरज कर कह रहें हो जैसे
हूँ मैं बेताब तुमसे मिलने को

कड़क-कड़क बिजली चमकाकर
जैसे ढूढ़ रहा मुझ जन तन को

देखो आया मिल-मिलाने के दिन पावन
देखो आया मिल मिलाने का दिन सावन

मधुबन से अमृत बूँद चुराकर
चल दिया फिर अपना बादल छटाकर
आऊँगा मैं फिर अलविदा कहकर

देखो चल दिया बिठा यादों का आसन
देखों आया था दिल चोर मृदुल सावन

❀❀❀

अन्य कुछ और

159

दुनिया गोल है।

दुनिया गोल है
कहने वालों की बोल है
चला था वर्षो पहले घर से
फिर आज वहीं पर खड़े हैं।।

सुबह से शाम, शाम से हर रात अंधेर
होते-होते फिर सुबह सवेरा
कभी गर्म, कभी वर्षात संग साथ सर्द
घूम कर फिर वही गर्मी भड़ा बड़ा।।

जो बित गया था कब का
फिर से लौट आया घूम कर
ये होली, दशहरा, दीवाली
था बित गया कब का ये काली पूजा
फिर टहलते हुए आ गया वहीं पर।।

छूट चुका था कब का दोस्त यार
पता नहीं था फिर से मिलेंगें एक बार
वर्षों बाद पुराना ताजा याद
जैसे लग रहा वही वक्त समय
या कोई पल का चाल
टोल-मटोल कर बात वहीं पर
हर लम्हा बस इस पार से उस पार।।

आज हूँ यहाँ
पता नहीं कल रहूँगा कहाँ
फिर आ जाता हूँ जहाँ के तहाँ
ये आभाष कुछ कहती है
एक ही धारा में सब बहती है।।

दुनिया गोल है
कहने वालों की बोल है।

❀❀❀

160

मेरे छोटे-छोटे ख्वाब

मेरे छोटे-छोटे ख्वाब
ख्वाबों मे गीत
जीना न चाहु वो पल अभी
जो हो इसके विपरीत

हर लम्हा है खाश
हर पल से कुछ न कुछ आश
जिन्दगी का लम्हा, कतरा
इसे कौन रोके, किसकी बिसात

लम्हा राह है
जिन्दगी मंजिल
जो छोड़ा उस पल को
बना उसका जीवन बंजर जमीन

हर लम्हा कुछ न कुछ सिखाता है
हर असलियत से रूबरू कराता है
दिखाता है, है क्या हमारा
जीने कि हर संभव बताता है

जीना न चाहे कोई भी
जुदा होकर उस पल से
आश रहती है जिन्दगी को
हमेशा आने वाली कल से

इस पावन धरती पर आकर साकार कर
जीवन ऐ मनुज ।
बार-बार नही मिलता आने का मौका,
साकार कर जीवन ऐ अग्रज मैं अनुज।

❁❁❁

कृष्णा कुणाल झा

161

शाम छूट नही रहा

जिन्दगी से शाम छूट नही रहा
बढ़ भी रहा तो, रातों कि ओर

जिसका लग ही नही रहा कोई छोड़
न है यहाँ चाँद न तारे

सिर्फ बादल हैं अंधेरे काले-काले
सपना को कौन कहे, यहाँ निन्द भी नही आ रहा
सिर्फ उम्मीद में हूँ जगा......................।
उगे कोई सुरज, करे जिन्दगी में संवेरा

रास्ता भी कितना खुदगर्ज की कुछ दिख नही रहा
रास्ते पर एक लौं दीपक का भी जल नही रहा
कर रहा हूँ बस इन्तजार............।

आएँ कोई लेकर सवारी, हो चलू उस पर सवार
इस भँवर से कोशों दूर चला जाऊं उस पार

ये ख्वाब है सपना नही, हकीकत हो जाएँ कही
कितना भी बढूँ यहाँ, रह जाता वहीं का वहीं
क्योंकि, पता नही चलता कि मैं आया कहाँ
दुसरों को क्या कहें, जब खुद का साया भी साथ छोड़ दिया

पता चला बाद में, था नही यहाँ कोई अंधेरा
हमने बना लिया था किरणों से परेय एक घेरा

वो दूर नही था हमसे, दूर थे हम
जहाँ बैठा मना रहा था दुःखो का गम
वो आँसू से ओझल था आँख
क्या दिखता रास्ता और दुसरों का साथ

❀❀❀

162

खुद को बढ़ते देखा

नन्हा सा बच्चा था जब इस दुनिया में आया
माँ की चूड़ी की आवाज ने सदैव मुझको जगाया
नन्हे पाँव से चलना नहीं आता था, एक दिन गिरा
फिर एक दिन पापा के उँगली पकड़कर बढ़ना सीखा
बड़ा हुआ जग आगे बड़ा पापा के कंधो पे
बैठ जग को देखा।।

देखा यहाँ हैं क्यों सब इतने भागम-भाग में बेचैन
सोचने लगा, समझने की कोशिश करने लगा जहन
हुआ बड़ा, प्रश्न का भी उत्तर मिला
करते हैं सब कर्म फल की चितां छोड़
मैं भी आगे बढ़ा अपने कर्म की ओर

धीरे-धीरे कुछ सही तो कुछ गलत करवटे लिया
कभी पानी तो कभी आँसू भी पिया
कभी खुशी में तो कभी गम में भी जिया
कभी मैने ये नहीं सोचा की हुआ क्या।।

घर छोड़ा, गाँव छोड़ा आगे बढ़ा
हुआ मेरे सामने चुनौती खड़ा
करना होगा खुद के दम पर कामयाबी हासिल बड़ा
सोचता था मस्तिष्क, मगर नहीं आता आँखों के सामने कुछ

नही आया कभी समझ कौश ठिटा, साइन ठिटा की बातें कुछ
आँखों पर पट्टी, धूंधला आगे, नही आ रहा था नजर कुछ

एक दम एकाएक आया बेचैनी
लिखने लगा खुद की कहानी
देखते हैं इस सफर के साथ,
चलते हैं हम कहाँ तक
खैर, आशीर्वाद होगा जहाँ तक
पहुँचेगे वहाँ तक

❀❀❀

163

आज है खुशनूमा पल

आज है खुशनूमा पल
देख रहा हूँ सपना
बीते दिनों को तजकर

याद करना भी नही चाहता
वो बीते हुए पल
आज है खुशनूमा पल

जैसे लग रहा, हो न रात
दिन के उजाले
जन्नत की हर फिजा
जैसे हो मेरे साथ
थाम कर मेरा हाथ
कह रहा हो जैसे
चलो मेरे साथ

लगता है कही दूर मै चला गया
जहाँ लग रहा सबकुछ नया
चेहरा नया, वादी नया
नया हो जैसे भाया
लग रहा जैसे देखा न हो कभी
ऐसा नवनीत, नवयुग वादी

निकलना नही चाहता
उस सुखद भंवर से,
मन करता बना लू यहीं
अपने सपनों की आसियाँ
यहाँ से कभी हो न कल
आज है खुशनूमा पल।

❁❁❁

164

एक जिन्दगी, तीन पहलू

एक जिन्दगी, तीन पहलू
मैं किसे और किससे कहूं

जिसने दिखाया, बढाया
या जिसने उस मंजिल तक पहुंचाया
या जिसने पाने का लालसा जगाया
अपनी जिंदगी उस मुकाम पर

जहाँ न कहीं दर न घर
हर तरफ फलसफा

और एक उदासी भरी जलजला
फिर दिल कहता थोड़ी देर सह ले
एक कदम और चल ले

एक जिन्दगी तीन पहलू
मै किसे और किससे कहूँ।

हर कदम एक नया सफर
हर समय एक नया नहर
जिस में बह, उबरा कहीं और
पता नही बीच का कब बीता शहर

कहीं शोर तो कही शांत
कही भीड़ में खो गया खुद

तो कहीं सुना अपनी दिल की भी बात
इस बीच का दिन और रात
तभी हुआ मन की थोड़ा चल लू

एक जिन्दगी, तीन पहलू
मै किसे और किससे कहूँ

इस बीच बढ़ रही थी जिंदगी
बदल रही थी जिंदगी
बस इंतजार है तो

कब सत्तरंगी रंगों से
सजेगी मेरी जिंदगी

डर है कहीं खुद में न
सिमट कर रह जाएँ

कम से कम काम आएँ
दुसरों को भी हमारी जिन्दगी

मन करता बढ़ता जाऊँ
हर ऊँचाई को छू लूँ

एक जिन्दगी, तीन पहलू
मैं किसे और किससे कहूँ।

❀❀❀

165

पता भी नही चला

सवेरा हुआ कब जिंदगी में पता भी न चला
गया कब बीत, आया कब रात समझ भी न सका।।

इंतजार में था बीते रात, आएँ रोज सुबह भला
पता चला गुजर गया दिन फिर साथ लिपटे कोहरा घना।।

सर छाया नही लम्हा दिन पर दिन बीत रहा
जिंदगी करवट लेने का नाम नही ले रहा।।

यू खामोश मौसम बेरंग मिजाज कुछ कह रहा
आया था कल-परसों सावन लेकर सौगात
बिजली भी कड़का बादल भी गर्जा
लेकिन मन प्यासा का प्यासा ही रह गया
क्योंकि, कभी एक बूँद बद्री न बरसा बरषात।।

आया जब लेकर बसंत बहार
कोयल और पपीहा आहट भी नहीं दिया एक बार
लहलहाता शीश क्या कहे
बसंत आने से पहले ही हो गया ये जग अन्हार।।
बचा गर्मी असाध्य, गर्म हवाओं के साथ
कहीं छाया भी न मिला, कर रहे हो छत की बात
छप्पर उजर गया, सुबह खो गया
रह गया तो सिर्फ आगो की बर्षात्।।

अब जिंदगी लगने लगा मुझे बला
सवेरा हुआ कब जिंदगी में पता भी न चला
गया कब बीत, आया कब रात समझ भी न सका।।

❀❀❀

166

अपवाद-विवाद

अपवाद-विवाद
व्यंग-संवाद
करते थका नहीं
कभी व्यर्थ प्रमाद

देखा नहीं 'कमी'
झुक कर अपना जमीर
व्यर्थ वार्ता व्यंग
दिखा सिर्फ दुसरों की कमी

डूब जाऊगाँ मैं
बेफिक्र खड़ा पानी में
कौन है कितने गहरे पर खड़ा
देख सुनाया हजार सपनों में

राह खुद के लिए कभी चुना नहीं
देख चलता काँटों पर औरों को कहीं
हँसी उड़ता, देख कैसे लहू से नहाया
रह गया वो इसलिए वहीं के वहीं

कभी देखा नहीं उड़ने का ख्वाब
उड़ रहा कोई आसमां में दे रहा श्राप
ये दुआ कर्म काम नहीं आता
क्यों व्यर्थ कर रहे समय आप

कुछ करने का प्रयत्न करें
यू ही आसमां की हौसला बढ़े
जले नही है है, कौन कितने पायदान पर
हर सफलता आपके लिए भी है
बस साधना करे उसे संवारे भड़े

❊❊❊

167

कर रहा कोई व्यगं

दिशा नयी, नया उमंग कर रहा कोई व्यंग
चल रहा हिमालय या कोई सुरंग
ये राह है आसान नही, है राग के कई तरंग
लेकिन पहूँचना है मुझे वहाँ जल्द-तुरंत

जन से जुदा हुआ जब, छुट गया मुझसे रब
एक लत लगा पाने को मंजिल जब
था अलग राहे, तो स्वराहे, बैगाना हुआ जब

दिशा नयी, नया उंमग कर राह कोई व्यंग
खुद है मगर बैठा, कह रहा नही है चलने का ढंग

था मुझे कुछ अलग सा ख्वाब
हो मेरा अलग पहचान व रूआब

रौशन हो मेरे आगे खुद कि रोशनी से
सजाऊँ कामयाबी को आपने पल से
जीतना रहूँ मै हमेशा खुद के बल पर
एक दिन ताज देखना चाहता हूँ खुद के सर पर

दिशा नयी, नया उमंग कर रहा कोई व्यंग
दीवाली के दीप, होली का रंग हो रहा बेरंग

किताबो के पन्नों से, कामयाबी के मंजिल तक
खींचता है टांग एक दुसरे का, गिर न जाए जब तक

खुद को संभाले चलना होता है, चुनौती बड़ी
कब कौन किसको पछारे पता नही

दिशा नयी नया उमंग कर रहा कोई व्यंग
बस चल रहा हूँ लेकर सफल उमंग को रंग
चलता रहूं यूं ही एक दुसरे को लिए संग।

❁❁❁

168

दूसरों की खुशी

वो खुश होकर बोला था शब्द कुछ ही
आया न राज उसको, कर दिया दुःखी।

फिर बोलने का हिम्मत नहीं हुआ उसको
बिना जाने ही उड़ाने लगा उसका हँसी।।

जो था दिल में दफन बात, कहने से भी कुछ कह नही पाया
रोते को चला था हसाने, खुद हँसी बनकर रह गया।

खामोश, दिल बैठ गया, यू ही चुपचाप रह गया
बहाना मार उठा, वहाँ से चला गया।।

होता है क्यों ऐसा क्यूँ चाहते हैं सब खुश रहे।
शायद था उसको वही मंजूर वो हमेशा रोते रहे।

पूछना चाहता हूँ उन भावुक से
क्या था आपका इरादा वो हँसे या खुद आप रोएँ।।

हर इंसान को कद्र होता नहीं इंसान है देवता
खुद को देखता है देखता नही भावनाओं को धकेला।

कर देता किसी को कहीं जलील अपने खातिर
वो इंसान है जल्लाद, भावनाओं के संग है जो खेलता

❁❁❁

169

बीत गया वो पल अब तो

बीत गया वो पल अब तो
अब शेष बचा है क्या जब तो।।

जब टिका रहा उस राहु काल में
उस मुश्किल अथाह गर्जत हाल में।।

रह गया अब शेष मात्र उसका
जैसे बरषा बीत गया रह गया सिसका।।

नदी तूफान, उफान हाथ पतवार नहीं
दिखाई न देता किनार दूर कहीं।।

होले-होले जब पार हुआ समुंदर अपार
तो अब क्या है मुश्किल इतना सा करना पार।।

याद है मुझे अब भी, भयंकर दर्द
था न सर छत पर वो ठिठुरती सर्द।।

कही झोंका हवा का आता अचानक
उड़ा ले जाता वह भी देह का कंबल
जब था सिसक-सिसक रात बिताता
बैठ कर सुबह का जब था इंतजार करता।।

पता-चलता सुबह हुआ धने कोहरे के साथ
थड़-थड़ करके चलाता अपना हाथ।।

दिन पर दिन यूं ही कटता चला गया
सर्द से गर्म से बसंत आता चला गया।।

ये सावन भी कहाँ था मानने वाला
सर छत जगह, दे गया बादल काला

गर्जत मेघ फटत बादल भीषण
सब उड़ा ले गया था जो कुछ था द्वार वार आँगन

बीत गया वह सीखा गया कुछ नया
बेजुबान भाषा से उत्तर कर गया बयां
यदि आता न मुश्किले हजार, तो जिंदगी
का अनुभव होता कैसे?
लड़ने का ताकत कहते है किसको
पूछता किससे और सिखाता कैसे?

मानो होता है सब वक्त के अनुकूल
घबराना है जीवन के ढाँचे का प्रतिकुल।

हालातें मुश्किल हैं जीवन का प्रश्न जटिल
टिका रहना ही है उसका उत्तर सटीक।।

जिंदगी डटे रहने का नाम सत्य है
यू भागना घबराकर
सबसे बड़ा आत्म हत्य है

❀❀❀

ऐसा कभी हुआ नहीं

उस बाग में कभी गुलिस्ता हिला नहीं।
अभी कली था, कभी खिला नही।।

था हर दामन खुशियों से भरा
पर ऐसा कुछ देर भी रहा नही।

जिन्दगी को चलना था जिस राह से होकर
वो राह कभी बना नही।

हर राह छिपकर देखता मुझे
लेकिन कभी सामने आया नही।

जिन्दगी से मैं क्या करूं सिकवा
जो खुद कभी दर्द से उबरा नही।

हर पल कहरता-तड़पता रहा
परंतु, कभी मुझसे कुछ कहा नही।

सोचता हूँ होगा कभी ऐसा
रहूंगा मैं भी सपनों कि मंजिल के उपर
वो ख्वाब अब तक पुरा हुआ नही।

जिन्दगी समुन्द्र बनती जा रही है
और मैं गोताखोर
अभी तक दरिया दिखा भी नही।

हर रात नया सपना है आँखो में
कभी वो चादर बुन पाया नही।

उजरा चमन उजरा ही रह गया
कभी सर पर छाया तक मिला नही।

उस बाग में कभी गुलिस्ता हिला नहीं।
अभी कली था, कभी खिला नहीं।।

❀❀❀

171

दिल की बात

बस यूँ हि दिल से लब्ज निकल आते हैं
कलम खुद-व-खुद कागजों पे चलने लगते हैं
लिखना चाहूँ, कुछ और लिख कुछ और जाता
कुछ बोलना भी चाहूँ, तो बोल नही पाता।।

पता नहीं हो क्या रहा है मेरे साथ
हर एक पुराने लम्हे आने लगता है याद
कब हुआ, कैसे हुआ सोचकर हूँ हैरान
चलता रहे ऐसा ही करता हूँ खुद से फरयाद।।

जिन्दगी में क्या बीता और बितेगें कल क्या?
हर एक शब्द टकराता है जहन से क्या?

हर लम्हा जैसे शायर बन जाता है
मुझमें हर शब्द फरमाने लगता है
मैं खो जाता हूँ वादियों की दुनिया में
खुद को कुछ कह नहीं पाता
पन्नों पर शब्द बन उभर आता है।।

शायद मैं समझ नही पाया
क्या जाने वो भी मै हूँ कहाँ खोया?

हर लम्हा मेरे साथ बीत रहा अजीब
जैसे लग ही नही रहा हूँ मै सजीव

जाना होता है कहीं, बढ जाता हूँ कहीं और
लगता है जैसे हूँ मैं परजीव।।

उड़ता रहता हूँ हमेशा आसमानों में
खोया रहता हूँ कहीं पिछले जमाने में
हकीकत से परे रहता हूँ आजकल
चाहता हूँ यूँ ही खोया रहूँ अरमानों में

❀❀❀

172

प्रचण्ड बुद्धि, प्रखर विद्वान

प्रचण्ड बुद्धि, प्रखर विद्वान
तेज मानव और बलवान
हस्त रेंख मुट्ठी में बन्द
हर भविष्य कैद ज्ञान

मानव अनुज अग्रज भ्राता
सब एक आसन विराजता
नित्य कर्म सार्थक निर्थक
लिप्त हर क्षण दिन सजाता

चन्द्र चाँदनी, आँगन पसरा
फूलों पर भी भौरें सुन्दर राग सुनाता
रौशनी सूर्य तेज अंगारा
हर सुबह से शुरू करता

गति धीमी या गतिवान
चन्द्र या सुरज महान
एक पर प्रचण्ड तेज
एक रखा रौशनी सहेज
कुछ आंगन बिखेरता
एक फैलता ग्राम-ग्राम
बीच हो रहा रात दिन संग्राम

तारों बीच मौज उड़ाता
साथ मिल रह संग चांद
टिम-टिम गाता

प्रचण्ड तेज या धीमी रौशन
बचा बीच बादल शेष औशत
गर्जते हुए आया बोला बादल
आज लगा दू-सब पर ग्रहण

बिन मौसम कर दू बारिष
ऐसा हूँ मैं किया आसन ग्रहण

स्त्रोत भूल मत मुर्ख काले
खींचता तू पानी मेरे तले
इंकार कर दू यदि मैं
तरस जाएगा तू भूखे प्यासे

हूँ मैं घरती पाताल तक सीमा
है मुझसे ही सब जीवन जीता
हूँ मैं ही तीनों लोक का धरती माता
हर खनिज, लवण, रत्न है पाता
जन-जीवन भूमि पर सब जीता जगता
इस परिस्थिति मे कौन हल्का कौन भाड़ी
या सब अपने जगह पर है विजय पाई
इस बीच कौन अनुज और अग्रज भाई

❁❁❁

173

पल दो पल का शायर हूँ

पल दो पल का शायर हूँ
पल दो पल की मेरी कहानी
कौन पूछेगा आगे चलकर
क्या था मैं कल को ढानी

जज्बात भीगा सा है
महसूस खुद कराया
बाग की हर कली का खुशबू लिपटा
लेकिन यहाँ हर कोई अजनबी सा है

कोई हाथ नही, कोई साथ नहीं
राही है पर, राह उसका सफर नहीं
चलने वाले चले जा रहे
रूकने वाले रूके ही हैं
किसी का कोई उघेश्य नहीं

कोई चाहता है यहाँ समन्दर से लिपट कर चले जाएं
तो कोई आग के हवाले है होना चाहता

होता कोई गीत मेरे लिए भी बना
करता मन को हल्का जिसको गुनगुना
पल दो पल की जिंदगी मे
क्यों है इतनी बेबसी
तो कभी है हँसती हँसी

कहते है लोग खुदा चाहता नही
हो संसार में सब सुखी या दुखी
यदि चाह ले वो खुदा
तो कर नही पाएगा
अच्छा और बुरा मे अंतर कोई

जिदंगी एक राह है
और हम एक राही
चलते जाना हमारा काम
मंजिल मिल ही जाएगा कहीं न कहीं

हर साँस से आशा, आशा से है जिन्दगी
खुद को बदल दिया जानकर
जब से खुला एक नई कहानी
हर तरफ है कोहराम
न कोई उघेश्य न ही मक्सद न योजना

नाम खुदा दिया या खुद से रचा
आज वह है अमुल्य चीज बचा
वो नाम है आज
बदनाम या गुमनाम
बन गया उसके लिए यही सजा

जिंदगी बहुत छोटा परंतु है भाड़ी
वो बैठा गया ये सोचकर जिंदगी सारी

जिन्दगी का हो एक मकसद
नाम हो अगर चले उस पथ पर हरदम
जीना बहुत नही जीयो इतना
ताकि मंजिल बन जाए हर कदम

यही है शायर की कहानी
यही है शायर की जुबानी

❋❋❋

174

होता है ऐसे क्यों

क्यों सुबह सवेरे सूरज उगता है
क्यों शाम के साथ अस्त हो जाता है
क्यों चाँद अपनी आँचल बिखेड़कर
रातों मे अपना स्नेह फैलाता है
उसके साथ असंख्य तारे क्या कहता है

प्रश्न हजार पर जवाब है एक
पर होता है कैसे वो देख

जिन्दगी होती एक तिमिर से शुरूआत
बढ़ते-बढ़ते होना होता है कभी सूर्यास्त
रात के साथ प्यार, सोच का प्रसाद
तारों की असंख्य कहती है मुझसा नही
बन करोड़ो मे एक जैसे 'चाँद'

फिर हुआ सुबह ये कैसी चुहचुही
कहीं पर खिली है कली
तो कहीं पर हो रहा है नया जीवन प्रज्चलित
हर तरफ कुछ न कुछ नया
ये कैसी जिन्दगी है थिरकती
हर दिन कुछ न कुछ होती ही रहती

ये है समझना बहुत ही सहजता
हूँ मैं तुमको समझाता

जहाँ जिन्दगी वहाँ खुशी भी
गम भरे सुनामी भी
है चहकती वादी भी
कहारते जिंदगी भी

यही है जिदंगी की रीत
घटती है प्रत्येक दिन

✲✲✲

175

दिल की ख्वाईश

एक ख्वाईश है दिल मे, चलूं खुद कि चुनी राहों पर
हो इज्जत, शोहरत की सरताज मेरे सिर पर
राहों मे हो भले मुश्किल हजार
करूं मै भी हर मंजिल पार हर बार
चलू खुद कि चूनी राहों पर एक बार।।

क्या होती है शौक को मंजिल बनाने में
जानना चाहता हूँ मै अपने भविष्य में
अपने आप को निखारना चाहता हूँ कुछ करके
चलना चाहता हूँ भविष्य की ओर
शौक की उँगली थाम कर
चलू खुद की चूनी राहों पर।।

सजाना चाहता हूँ गुजरने वाली हर गलियाँ को
खुद से बनाई हुई सितारों से
जहाँ रहूँ जगमगाना चाहता हूँ आँगन को
खुद से जलाएँ हुए रौशन से।।

करे वह सब, जो दिल चाहता है मेरा
सजाऊँ हर बगिया को अपने खुशी से ।।

ये सब सारे अपार संभावनाएँ बढ़ जाती हैं
जब हो मंजिल बेहद पास

एक-एक पल एक-एक क्षण
लगने लगते हैं, बेहद खास।।

खुद में लगाकर पर दूसरों की कैद से
उड़ने को दिल रहता हर पल बेकरार
एक ख्वाईश है दिल में चलूँ खुद के चूनी राहों पर,
चलूं खुद के चूनी राहों पर एक बार

❁❁❁

176

ये दर्पण नहीं है साक्षात्करता

ये एक दर्पण नहीं, है एक साक्षात्करता
कितने देर खुद को देखा, क्या पहचाना
खुद में क्या है खामी कभी जाना ?
बताना भी चाहा दर्पण, देखना नही चाहा
असलिसत से कोशों दूर, हम है खड़ा वहाँ।

सारा संसार भटक रहा है खुद से
दुनिया को जानने के पीछे
दुनिया है हमारे सीधे,
मगर, इन्कार है पहचानने से।

ये एक दर्पण नही, है एक साक्षात्करता
कभी जानना नही चाहा, इनसे अपना मनसा

शरीर है हीन अर्थ, चेतना है सत्य
जैसे कोई मूरत मे रत्न

हम सोए, चेतना जगाना चाहा बार-बार
एक सत्य से करता आ रहा इन्कार
कभी पीछे मुड़कर देखा नही, क्या है सच ?
बस एक ही होर आगे बढ़ूँ खुद को छोड़

रहा नही एक भी सच्चाई जिन्दगी में।
बस है सोच पैसों से चलूँ हर राहों पे।

होता है दिन से रात जैसे,
मैं भी बदल जाऊँगा कभी वैसे

चाहा नही बदलना कभी खुद को
वही व्यक्ति रह जाता है स्थिर,
जैसे को तैसे।

कभी जाना नही, क्या है हम में शक्ति का पूँज
या, क्या है अन्दर हमारे खामियों का झुंड़

शुरू करने कि कोई शाम या सवेरा नही
जितना बदलना है, खुद को बदल लो
क्योकिं, वक्त का कोई ठिकाना नही

ये दर्पण नही, है एक साक्षात्कारता।
जो यहाँ जैसे है करता, वैसे ही है भरता।

177

बीते पल हँसी संग

एक हँसी मेरे होठों पर नहीं
लगता है क्यों कि तुम हो यहीं कहीं
जिन्दगी बन गई है बंजर, जब से गई हो तुम
क्यों है जुदाई गलत या सही

एक दिन वो भी था जब मै गाता था सुर में
राग, थाट का अंश होता था हर कण में
सारा जहाँ, कोयल, मोर, पपीहा साथ देता था स्वर मे
हो गया सब बंद जब से आया हूँ इस कैद मे
कंठ बैठ गया स्वर हो गया बेसुर
जब से बंधा हूँ, नियत के जाल मे

एक रात था वो भी जब खुशियां बिखड़ी थी आसमा में
ममता भड़ी आँचल, मन भड़ी आवाज थी मेरे आँगन में

याद करके दिल दुखता है मेरा गुजरा गुजरता लम्हा
कुछ कम कष्ट नही देता उतड़न बिहिन जिन्दगी जीना

❀❀❀

178

लिखने का ख्वाब

ये ख्वाब या है किसी की दुआ
हूँ मैं भी एक कल का सपना बुना
एक मंजिल, एक राह है अपने लिए चुना
देखता हूँ मैं कहाँ तक हूँ पहुँचता
गीली धरती नमी है, और उपर बर्षते बादल
इसी में पनपता हमारा सपना।।

एक कागज एक कलम साथ एक याद
बस करता हूँ खुदा से इतना फरयाद
कोरा कागज मत छोड़ना मेरी जिंदगी का
कुछ लिखने का मौका देना, थाम के वर्षात्
चीख कर लिख सकूं बीते दिनों की बात
सोचता हूँ जिसके बारे में दिन व रात
यही है मेरी जिंदगी की बुलंद आवाज।।

लिखता हूँ कागज पर श्याही नही मन होता है मेरा
गम खुशियाँ सम्मिलित संग, सीखना सीखाना मेरा
जन्म हुआ क्यों इस धरती पर मेरा
सोचो प्रश्न छोटा है या बड़ा?
और जतोजहित जिंदगी संग ताल्लुक क्या रखता?
ये शाम है तो सुबह का मतलब क्या होता?
मै हूँ उन सब को चाहता एकत्रित लिखना।।

होता क्या है मर्ज अर्ज की व्याख्या
ये पठार ये जमीन सीधी सरल समतल
जिन्द में आकर जिन्दगी से लड़कर
खुद अपने दम पर कैसे बनता है अव्वल
गर्ज, फर्ज या कर्त्तव्य पालन होता है कैसे
किस मोड़ या किस पल बन जाता मनुष्य महाबल
जो था कल तक धरती में गिरा बे नामोनिशान
आज वो कैसे पहुँचा सबसे उपर

शिकवा, गिला कर मिलता है किसको क्या?
और कोई जहर जिंदगी का क्यों पिया?
रात-दिन सुबह-शाम किसी कि याद में
तड़पना होता है क्या?

खोजना चाहता हूँ हर मुश्किले प्रश्न उत्तर
आखिर ये उत्तर चीज होता है क्या?
ये लत मुझे कब और कैसे लगा?
ये ख्वाब है या किसी की दुआ।
हूँ मैं भी एक कल का सपना बुना।।

❋❋❋

179

हूँ मैं अब चुप्पी साधे

क्या कहूँ कह चुका सब कुछ तुमसे
हूँ मै कब से चुप्पी साधे
जब तुम कह गई आँखों की भाषा मुझसे
एक हँसी नन्ही कली मुस्कान छोड़ गया जब से
खुद से फेर रहा हूँ सवाल तब से
क्या कहूँ कह चुका सब कुछ तुमसे।।

क्या कहती है आने वाली पीढ़ी
चढूँगा खुद से अपने कामयाबी की सीढी
चलना चाहा ऊँगली पकड़कर बनूं खुद की रीढ़
ऊँगली छुड़ा बढ़ा जिंदगी के इस मोड़ में सीध।।

हूँ दंग इन हौसलों को देख खुद से
क्या कहूँ कह चुका सब कुछ तुम से।।

इस दुनिया की भीड़ में खड़ा खोजता हूँ अपनी पहचान
धीरे-धीरे बढ़ता हूँ, हुंकार भरता हूँ, देता हूँ अपनी अजान
कली अभी खिला नहीं, सूरज अभी डुबा नही
कर गया तू अभी वो, हो नहीं अब अंजाम
दे चुका तू वो अंजाम, है मुट्टी मे सारा आसमान।।

करता हूँ दुआ रब से
बढ़ता रहे यूँ ही आगे सब से
क्या कहूँ कह चुका सब कुछ तुम से
हूँ मैं कब से चुप्पी साधे

❀❀❀

180

उस शाम से क्या दुआ करें।

उस शाम से क्या हम दुआ करें
जो है खुद एक दिये का मोहताज
हम उस महकते सुबह से दुआ करते हैं
जो है खुद एक मचलती शुरूआती सरताज।।
शाम के बाद रात का आना
सुबह आए तो दोपहर शाम और रात का होना।।

जिंदगी राहत है सुकून कोई और
हुआ यदि रात तो,
कहीं न कही होना है और भोर
सावन यू बरखा कर गया
छाया यूँ साया दे गया
यदि है मौसम मे इतना होर तो
होगा कहीं न कहीं कोई फरिश्ता
जो सुनता होगा मेरा शोर।।

ऐ खुदा कर मुझ पर इतनी कृपा
हर सकूँ हर विपदा को पल में सफा
नफरत नहीं करे मुझसे कोई
बन जाँऊ हर आँख का तारा
कर मुझ पर कृपा इतना जरा।।

विफलता दे मुझे भले सीखा सफल भी होना
कर दे खारिज हर वो बुराई
सार्थक हो जीवन में जो ना
हर उस रात से बचाकर रखना
जो सीखा न हो अंधेरे को हरना
शाम से मिला जो भी कुछ घाव
सिखाना हर गहराईयों को भरना
हे प्रभु बस इतना कृपा करना
अपने हौसलों पर हमेशा रखना

मजहम नही और नहीं कोई ईमान
करता रहूं हरदम हर जाति को सम्मान
कीचड़ मे यू कमल खिला चलता रहूँ
हर शक्ष्म को यूँ आशय बनाता रहूँ।।

हो कभी न किसी प्राणी का मुझसे अपमान
कर दे मुझ पर इतना रहूँगा मै सदा आपका आभारी
हे खुदा, राम-रहीम करता रहूँ मैं यूं
ही आपको नतमस्तक प्रणाम
हे खुदा आपको कोटि-कोटि धन्यवाद

❀❀❀

181

हूँ मैं तन्हा बेचारा

एक कली हँसी मुस्कान चेहरे पर
डर है कहीं कोई छिन न ले
बिते दुःख के दुखद लम्हे
डर है मुझसे कुछ कह न दे

एक अकेला तन्हा हूँ, हूँ बेचाारा
और हूँ मै डरता, फिर भी हूँ चलता
न है कोई मेरा शाख और न सत्ता
एक-एक कदम फुँक-फुंक कर हूँ चलता

शुन्य हूँ शुन्य से कर रहा हूँ शुरू
एक आशा मै भी कामयाबी का चौखट चुमूँ
करोड़ो के भीड़ में सबसे उपर पहुँचू
एक इज्जत की चादर मैं भी ओढु
एक दिन कामयाब होकर देखु-परखु

यही ख्वाब लिए बढ़ रहा हूँ आगे
शायद यही हो मंजिल की भी राहें
इन सपना को हर बार सराहें
काश मिल जाए मंजिल इन्ही के सहारे
इन सपना को देखने के लिए कर लू आँखे चार
आशाएँ भरी दीप जले हर-बार

करता हूँ फरयाद रब से, दे मुझे बस इतना वरदान
जो भी हो मुझसे काम, मिले उसका अपनी पहचान
इसी तरह चलता जाऊँ, मिले एक नया आयाम

❀❀❀

182

पिंजरे की पंछी

अब मुझे गर्त जीवन में,
रहना है मंजूर नहीं।
करके अन्न त्याग व्रत जीवन में,
मरना ही है कहीं अधिक सही।

कैद हूँ मैं कहीं कैदी की भांति
हूँ मैं कौन पता नहीं, क्या है मेरी ख्याति
जीवन है या आजीवन कारावास
निकलूँगा एक दिन लगाकर बैठा, हूँ आस

पंख हैं फड़फड़ा नहीं सकता
शायद उड़ना भी आता है
लेकिन उड़ नहीं सकता
बेसुरा मैं बोलता हूँ क्या, अब मुझे खुद नहीं पता

खाने को मोती सितारे चाहिए नहीं मुझको
निर्जल पानी बस, उड़ा दे नभ को
कुछ खाश मनसा नहीं है मेरा
उड़ जाना चाहता हूँ तोड़कर पिंजरा।

इसी पिंजरे में हो चला बचपन से बूढ़ा
इस शरीर में शक्ति कहाँ अब उतना
दम तोड़ना भी लिखा शायद इसी पिंजर में
सपना भी साकार होगा, शायद अगले जन्म में

कृष्ण कुणाल झा

183

लालची मगरमच्छी

समुद्र के किनारे था एक वृक्ष।
उस पर रहता था एक अनुभवी, चालाक, फुर्तिला बंदर वृद्ध।
एक दिन एक मगरमच्छ वहाँ आया।

वृद्ध बंदर ने उसे मीठा जामुन खिलाया।
मगरमच्छ को बंदर की दोस्ती भाया

रोज वह जामुन खाता और अपने पत्नी के लिए भी ले
जाया करता।

एक दिन मगरमच्छ की पत्नी करने लगी जिद।
मुझे उस बंदर का कलेजा चाहिए शीघ्र।

मगरमच्छ लगा फाँसने की योजना बनाने।
वह उदास होकर बनाने लगा बहाने।

बोला-तुम्हारी भाभी ने बुलाया है खाने पर।
इतना सुनते बंदर सरपट नीचे उतरा, बैठ गया मगरमच्छ के पीठ पर।
आधे पानी मे जाकर बंदर को सारी सच्चाई बताया।

इतना सुनकर बंदर घबराया।
फिर, जोर का ठहाका लगाया।
बोला इतनी सी बात, पहले दिया होता बता

लेता मै पेड़ से अपना कलेजा उतार।
फिर तुम्हें मैं देता दोस्ती का उपहार।

मुर्ख मगरमच्छ ने कहा-वापस मैं तुम्हे पेड़ पर ले हुँ चलता।
फिर तुम कलेजा का टुकरा लेकर चलना।
बंदर झटपट से चढ़ा पेड़ पर।

बंदर बोला जा अब अपने मगरमच्छी का मुर्ख मुँह दिखाना तू।
खबरदार जो अब जामुन खाने आया तू।

184

हक है हकदार का

अनाथ को नाथ दो।
भूखे को खाना।
प्यासे को पानी और
भिक्षुक को भीख।

उम्मीदवार को वोट दो।
सहित्यकार को कला।
गीतकार को गीत और
ग्राहक को समान।

बच्चे को प्यार दो।
राही को रास्ता।
मित्र को हाथ दो और
अपने को अपना लो।

सूरज को उगने दो।
चंदा को निकलने दो
साथी को साथ दो और
कोई तो मुझे अपना लो।

❁❁❁

185

हक

ठहर चलो, ठहर चलो
सोचो जरा, जानो जरा
क्या है तुम्हारा, क्या है हमारा
लेते चलो, देते चलो
ठहर चलो संभल चलो।

क्या है तुम्हारा क्या है हमारा।
ले लो अपना रहने दो हमारा।

हक से भौंरे है फूल पे।
गुनगुना रहें है वो राग से
ठहर चलो, संभल चलो।

दुनिया में नाम है, कुछ तो अपना काम है
रखा हूँ संभाल के, देता हूँ तुम्हें इनाम में
ठहर चलो, संभल चलो।

रात हो या दिन, सुबह हो या शाम
काम करो नाम करो
जरा, ठहर चलो, संभल चलो।

❀❀❀

186

आज हुई एक मुझसे गलती

आज हुई एक मुझसे गलती
याद है मुझे अब भी गलती

किससे कहूँगा कौन सुधारेगा
या सुनकर सब हँसी उड़ाएगा

शामजस्य में मैं अंदर घुट रहा
कहने की हिम्मत नहीं जुटा पा रहा

कहा भी था कुछ दिन पहले उससे
हँसने लगा था यह सुन के

आज हुआ आभाष कुछ प्रश्न पूछा नहीं जा सकता
उत्तर है खुद से ढूँढ़ना पड़ता

निकल चुका यही सोचकर इस पथ पर
है कोई नहीं मेरे साथ सिवाय कुछ और प्रश्न सर पर

निकल चुका हूँ इतना दूर की सोचना भी मुश्किल
कुछ जवाब मिल गए हैं कुछ का खोजता हूँ मंजिल

कुछ मासूम कुछ गुद्देदार कुछ है अति गंभीर
तो कुछ है देता करवा रश जमीर

उत्तर-सवाल के जवाब, सारे मिल नहीं जाता
मेरा प्रण है खुद से, मैं लौट नहीं सकता

चाहे लगानी पड़े, छलांग चिता में जलती
आज हुई क्या मुझसे गलती
याद है मुझे अब भी गलती

❁❁❁

187

मैं और मेरी अभिलाषा

मैं और मेरी अभिलाषा
बढ़ने की उम्मीद व आशा
सतत् लहराता, तिरंगा
कामयाबी का, तोड़ बाधा

छोड़ अपना हर अज्ञात भाषा
मैं और मेरी अभिलाषा

सागर तल मोती भरमार
गोता लगाना अपना काम
लहर से मतंग, सागर लहराता
तैराकों को कैसे भरमाता

लेकिन है मुझमें भय कहाँ इसका
मैं और मेरी अभिलाषा

शिखर छूने की धुला रक्त संचार
मन ठाना हुआ, आचार विचार
अब मुझे पीछे खींच सकता नहीं
व्यंग अपमान, अब मुझे रोक सकता नहीं

ये मेरी मंजिल नही कोई ताशका
मैं और मेरी अभिलाषा

जिंदगी जी लिया बहुत अपमानों में
काटा तन्हा बहुत काँटो पे

सीख लिया है अब मैंने मेहनत करना
ऊँची उड़ान हौसलों से भरना

सिर्फ रोटी नही संग है नाम कमाना
मैं और मेरी अभिलाषा

खुदा दे मुझे बढ़ने का हौसला
बीच देखूँ न दरमियां फासला
यदि हो भी जाए अनजान गलती मुझसे
बीच राहगीरों को मार्ग दर्शन करना

ये जिंदगी मुझे हर खुशी नवाजे
है मुझे पूर्ण आशा
मैं और मेरी अभिलाषा।।

❀❀❀

कृष्ण कुणाल झा

188

एक चाहत कि दरमिया

एक चाहत कि दरमिया
न जाने कितने सपने सिया
था फटा कभी आसमा सर के उपर
न जाने मैं खुदा से कब मिल गया।

अल्फाज मेरे होंठों पर
पर कुछ उनसे बयां न कर सका
कब से संभाल कर रखा था कुछ प्रश्न,
पुछुंगा उनसे....................
मदिरा में डुब गया दोनो आंख..............
ठीक से देख भी न सका।

हालात पसीना से भीगा या था कोई वर्षा का पानी
इसका भी सही आभास न कर सका।

वर दे गया इतना, कि..........................
समेटने के लिए झोली नहीं था
समेट सका कुछ को तो.....
बाद झिल्लियों से बह गया
जो जहाँ था मेरे साथ
सब कुछ वहीं के वहीं रह गया
एक सिलसिला वक्त का वहीं से मुड़ गया
वो था आदमी या खुदा
इसका भी मुझे आभास नहीं रहा
कोई पूछता हुआ और क्या आगे मैं कहता
ये सपना था या हकीकत, इसका भी मुझे पता नहीं चला

❀❀❀

189

मैं और मेरी भाषा

न होता और जीने की अभिलाषा
जो होता न आगे की आशा
तकदीर है ये, यही है ख्वाईश
मैं और मेरी भाषा

शाब्द जहन से ध्यान तक
और आता है कब उंगली पर
कब करने लगता है संचार रक्त संग
पता नहीं चलता कौन है राजा किसकी प्रजा
मैं और मेरी भाषा

कभी हँसते कभी रोते कभी मिजाज से
लिखने क्रम है यही मेरा अपना ज्ञान से
हो गलत कभी सही शब्द मेरा
हर समय अपना अलग है लिखने की बर्षा
मैं और मेरी भाषा

फूलों को गुंथ बनाकर माला
शब्द जोड़ बन जाता मधुशाला
इसी तरह पता नहीं कब शब्द सलीख हो जाता
यही है मेरी आदत, यही मेरी प्रयोगशाला
मैं और मेरी भाषा

खोजता नया रूप, मैं इसी में रहता जुटा
आंकलन कर देखता हूँ, हूँ मैं कुछ नया बुना
ये शब्द नही है मेरी उड़ानों का पंख
इसी के साथ मैंने एक राह है चुना
संग मंजिल की है आशा
दर-बदर खोज रहा हूँ, मैं मंजिलों का प्यासा
मैं और मेरी भाषा

❁❁❁

190

छन छन आहट

ये उज्वलित, प्रज्वलित सूर्य की किरणें आभा
घना कोंहरा धुँध से लिपटा
दतरूति मुस्कान या मुस्कुराहट
देखो कैसे सूरज अंदर कोहरा झांक रहा

दबे पांव न छन-छन आहट
धीरे-धीरे पूरे जमीन से नभ तक आ गया

फिर भी परिंदे ऊँची उड़ान भर रहा
मुग्ध शेर जंगल में दहाड़ रहा
बन यूँही पवन नभ से बह रहा
है क्या इस संपूर्ण गोचर में स्थिर
सब के सब अपनी गति से चल रहा

जीवन सन्यास लिया, वैरागी बना किस लिए
मोह तोड़ अमोध धारण किसलिए
गरिमा छोड़ ताज मुकुट, जा छुपा गुफा में,
लिया बंद कमरा आसीन हुआ किसलिए

ऐ मनुज क्यों ठहरा सहमा सा है खड़ा
ऐसा क्यों है तू इस धरती से गड़ा
खोल बंद मुट्ठी देख अपना लकीर, तकदीर
हाथ ले शस्त्र खोद भाग्य का हिस्सा
भाग्य में क्या लिखा है?
दे कर्म से जग को थर्रा।

जीवन मिला एक, दिखा दे है मुझ में भी शक्ति।
रोशन कर ले नाम, कर के जग का काम रत्ती।।

191

पिंजरे की पंछी

पिंजरे की पंछी रे तेरा दर्द कोई न समझे।
लोहे की कैद में कैसे तू तड़पे
कौन है यहाँ तेरा, समझे अपना
तू बंद हुआ लेकर उड़ान का सपना
भूल गया मैं ऊँची उड़ान और वो तेरा झूले
पिंजरे की पंछी रे दर्द कोई न समझे।

वो बहती नदियों के पानी और वो दाने
जो सुबह से शाम खेल-खेल कर थे चुगते
कभी इधर-कभी उधर कैसे आजाद थे उड़ते
कैसे थे हम ऊँची उड़ान की होड़ लगाते
भूल गए वो सब, लगते हैं सब सपने
पिंजरे की पंछी रे तेरा दर्द कोई न समझे

वो पेड़ जहाँ घोसला, था मेरा आशियाँ
इंतजार में होगा वो अब तक
कब उड़कर आएगा मेरा साथिया
वो मेरे दो बच्चे?
जिसके लिए निकले थे चुनने दाने।
शायद मर भी चूका होगा अब तक
मोहताज होकर दाने-दाने
पिंजरे की पंछी रे तेरा दर्द कोई न समझे।

अब रह नहीं गया अपनी जिंदगी में कोई उमंग
वो सपनों की दुनिया, जैसे होगया बेरंग
अच्छा होता की मौत लगा लेता गला
पिंजरे की पंछी रे तेरा दर्द कोई न समझे।

❀❀❀

192

परिंदों की मस्ती

सुबह होते ही, पहली किरणों के साथ
चूँ-चूँ करती निकली चिड़िया
आसमान के सैर को, पंख फैला नभ में अपना
मीलो उपर उड़ती चिड़िया

मस्त परिंदे मस्ती में खोकर
भूख प्यास सब भूल कर
गाती झुमती उनकी अपनी मस्ती
कभी सागर में गोते लगाती
कभी दाना चुनने जाती कोसों दूर
एक दूसरे से आगे उड़ने की होड़।

जीवन है क्या, सीखाती वह रोज हमें
वक्त के साथ उठना, शाम होते लौटना
सावन संग झुलों पर झुलती,
बादल से अपनी बातें करती
नभ को अपना लक्ष्य मानकर
रोज अपनी दूरी आँकती
परिंदो की है अपनी मस्ती
सागर संग, गोता गस्ती
खुश जीवन सुन्दर अमृत संग
पक्षी-पवन, पानी संग रहती
मैं परिंदा यही है मेरा पूरा जग बस्ती

❁❁❁

कृष्णा कुणाल झा

193

प्राचीन संस्कार

धीर-वीर संग नैतिक मुल्य
ये मेरे पिता या पितामह तुल्य
आदर से सर झुक जाता था
जीभ कह एक शब्द नहीं कह पाता था

ये प्राचीन काल इतिहास संस्कार
था अच्छा या समाज पर प्रहार

ज्ञान पूर्ण विवेक सहित था मानव
था अपनों में अपार अपनापन
परंतु, इज्जत कण-कण में
कैसे रखुँ ये बात भला मैं

जान परता है, था पहले ही साफ समाज
छूट काल बढ़ता धीरे-धीरे संग व्यर्थ प्रमाद

गत बीत गया वर्षों पहले
अब तो अपनों से कुछ कहते
रखने का बात, अपनों के साथ
है विकल्प न जाने कितने तेरे पास

अब है नहीं कोई आपस में लिहाज
एक दुसरे के साथ एक-एक राज

सुबह शाम बड़ो को प्रणाम करता
अब है गुड मौर्निंग, इवनिंग का प्रथा
बदल चूका पूरा समाज अब तो
नहीं बदला तो सिर्फ एक पर्दा

पहले था इज्जत से ढ़कता।
अब सिर्फ गुनाह पर पर्दा करता।

क्या पिता क्या पति इज्जत।
आप तो दूर तुम करके बेईज्जत
सुबह हुआ नहीं खीटपिट शुरू
पता नहीं कौन शिष्य, कौन गुरू

बदल गया सीधा पूरा समाज
इज्जत मर्यादा का अब रहा नही लिहाज।।

❀❀❀

कृष्ण कुणाल झा

194

कुछ सपने सोने नहीं देते

कुछ सपने सोने नहीं देते
कुछ गम खुलकर रोने नहीं देते
कुछ बीजें पेड़ उगने नहीं देते
कुछ चीजें चाहकर भी हो नहीं सकते।।

एक आँख एक सपना, उस सपना का हकीकत अफसाना
देखते हैं आँखे सपना, हो जाए कभी वो अपना
मन ही मन रास्ता ढुंढता है, मंजिल भी नजर है आता
आँख खुलते ही हो जाते हैं सारा जहाँ ही धुंधला
फिर लगता है दिल उसी मनमोह सपनों को बुनना।।

न नीन्द न चैन न है दिल में करार
बस लगता है कब होगा,
मेरे सपनों की हकीकत से मुलाकात
शुरू करता हूँ चलना
हो जाऊँ आजाद, कर लूँ अपने पंखों को आसमां में चार
सोचता हूँ उड़ कर जाऊँ आसमां के उस पार
देखना चाहता हूँ स्वतंत्र है आसमां या उसके आगे है कोई दिवार।।

कब होगा सपना, हकीकत में देखने को हूँ बेकरार

हो जाए सारे सपने साकार मैं कुछ ऐसा करूँ

छू लू हर ऊँचाई उड़ान मैं ऐसे भरूँ

195

नव दीप जले नव फूल खिले

नव दीप जले नव फूल खिले और बहे बहार।
सुख खुश हो जिन्दगी में ताकि हर दिन बने त्योहार।
हर सुबह कि किरणें हर दिन रचे नए गुंजार।
आए मस्त पवन का झोंका, खुशियों की हो बौछार।
नव दीप जले, नव फूल खिले और बहे बहार।

सावन आए हरियाली लाए, घोर घटा बादल भी छाए।
हो जिंदगी में धूप तो हो पेड़ों की भी छाए।
मंजिल दिखा, राहे मिला, थे बागों में फूल खिले।
चलते-चलते मंजिल भी पहूँचे।

पहुचकर सोचा करूँ अपनों को पुकार।
नव दीप जले नव फूल खिले और बहे बहार।

इतना रहे प्यार अपनों के संग।
ताकि गाथा गाए सारी दुनिया व जग।

कभी न हो जीवन में प्यार व मोहब्बत की सुखार।
नव दीप जले, नव फूल खिले और बहे नव-नव नित्य बहार।।
सुखः खुश हो जीवण में ताकि हर दिन बने त्यौहार।

यादों से पन्नों तक

क्यों क्षण भर के लिए आकर चला जाता है
एक याद हमेशा के लिए छोड़ जाता है
इंतजार कब से था आएगा वो
क्यों खामोशी जुबां पर लगा
आंखों में आँसू छोड़ जाता है
किसने हक दिया उसको
तोड़ने को ये मेरा दिल।।

हसरत था कब से, मिलकर रहेंगे हर दिन
कुछ पल साथ निभा न सका
छोड़ चला मुझको, यूं तन्हा अकेला बिरहा
कैसे कहूं लगता नही दिल तेरे बिन।।

बच्चा था, सोचता था, शायद यहि किस्मत मेरा
तुझसे जुदा होकर ही लिखा है रहना
बता अब हुआ बड़ा फिर तुम्हें किस बेरी ने जकड़ा
कुछ हुई यदि गलती तो सामने आकर दे सजा
यूं मुझे अपनी याद से न तड़पा।।

पता है अब तुम सपनों में भी दिखाई नहीं देती
सिर्फ आहट रह गयी है, सुनाई नहीं देती
वो पायल जो थी मेरे जन्म दिवस पर बनवाई
रहती है हमेशा मेरे कानों में गुंजती

मन भर लेता हूँ देखकर चाँद को
शायद हो तुम इसी में छुपी।।

बादल गर्जता है तो, लगता है तुम आ गयी
बिजली कड़कते ही गायब हो जाती हो कहीं
इस भरी बारिश में जम कर भिग जाता हूँ
भेजी होगी कहीं तुम ही सही।।

इन असंख्य तारों को देख कर तुम्हारी बिंदिया
और आसमा को देख तुम्हारी विशाल हृदय
और देख धरती का संपूर्ण काय
याद आकर रो पड़ता हूँ मैं।।

अब बताओ दोगी कब दर्शन
लिख एक खत......................
पहुँचा जाएगा हवा अपने संग।।

❁❁❁

197

वन-उपवन और मन

हरा भरा है वन उपवन
पर खोया था कहीं मन
जिंदगी कह रहा था कुछ उससे
लेकिन वह खुद नही था अपने अंदर

हरा भरा वन उपवन
पर खोया था कहीं मन

था शरीर, था साया
था मंजिल भी आगे
चल भी रहा था संग-संग
पर देख नहीं रहा था भाया

जन जीवन हर तरफ
कहीं खुशी तो कहीं कहर
कहीं आशा भड़ी सपना
तो कहीं सुखद चैन
जिंदगी थी वो भी एक
जब खुद नही था अपने अंदर

हरा भरा है वन उपवन
पर खोया था कहीं मन

वो महकता बागों की चमन
वो चमकती रातों की चमक

है हर तरफ, हर हलचल
पर नहीं है तो खुद में मन

गरजते बादलों के बीच
बर्सते बर्षात के साथ
वो सप्तरंगी सपनों के साथ
छोड़ कहाँ चला गया
खुद से लुप्त हो चला

न रहा उसके लिए बागों कि कोयल
और न रहा खिला फूल-फल

कैसा है ये अभागा, काँटों का विस्तर
खुद से सजा लिया,
हरा भरा वन उपवन
पर खोया है कहीं मन

❀❀❀

मेरी कहानी

लम्हा-लम्हा बीत गया अब
कतरा-कतरा बचा अब शेष है
दिन देख कर अस्र की धार
क्या मुझ पर कर्ज लवलेष नहीं है।

चला था किस कदर राहों से होकर
एक गली को गली से जोड़कर
सिमट कर रह गया पेटी में बंद
कठपुतली, गुड़ियाँ खिलौना चंद।

अंबार पड़ा मेरे सामने कर्जों की
मंजिल नहीं राह कहाँ, रहा हूँ जिन्दगी जी
तिमिर रोशनी संग मैं कहाँ हूँ
अंधेरी नगरी बिन तेल जलता टेमी।

इंतजार में हूँ सुबह की कब से
आश प्राण लिपटा, मिल किरण से
लदा है मुझ पर भारी बोझ
पटक भाग सकता भी नहीं अगले रोज

क्या है जीवन-क्या है अर्थ शेष
जीवन है प्राण, प्राणों में द्वेश
सतत् निरंतर ज्वलित एक किरण आभा
यहीं है जीवन अंतर ध्यान प्रभा

किरण है झिलमिल ओझल, रात काली
हरा अब खेत लहराता खेत व खलिहान
मिट्टी कहाँ है चारों ओर सिर्फ पानी
यही है सत्य जीवन की, मेरी कहानी।

❋❋❋

कृष्ण कुणाल झा 'किशौर'

199

कर्ज

रहा गुहा जिन्दगी के अनमोल सपने
कर्ज है तनिक सर अपनों के अपने
हूँ माटी का पुतला हूँ कब और नहीं
जिन्दगी देता नहीं मन में पनपने

करके उतार करके सर से जहन तक।
उंगली की रक्त से कलम की श्याही तक
क्या जीवन सिर्फ पन्नों तक है।
लेकिन नहीं जीवन मेरी जुवा तक।

आकार छोटा प्रकार भिन्न-भिन्न
लिखना चाहता हूँ एकत्रित सबको
जो है अदंर छिन्न-भिन्न
समेटकर जमीन से पुरा नभ को।

पंछी मैं वो होड़ है मुझमें कही
पाना है पूरा ब्रह्माण्ड अभी
सुर्योदय, सुर्यास्त को भूलकर
असफल को भी सफलता कबूलकर

अपने जीवन से इस कद्र निरषता हरना है
हर लम्हा खुशी की समा, बाँधना है
हार जीत का प्रश्न न उठे कभी
असफलता को इंद्रिया वश न साधना है

रोशन जहाँ पुरा अब मुझसे हो
सूर्य ढ़क दे, ऐसी तेज मुझमें हो।
दे मुझ में इतना हौसला प्रभू
जीना है क्या, सिखाऊँ मैं सबको।।

❁❁❁

कृष्ण कुणाल झा 'किशोर'

200

मैं और मेरी कहानी

मैं और मेरी कहानी
मेरी जुबानी.........
था बच्चा, बचपन की गोद में,
कुदकती जीवन नाचती गाती
मैं और मेरी कहानी

बढ़ा पला लिया आकार
इंसानों में इंसान सा प्रकार
जीवंत शैली, वृहत ख्वाब
करने को मन में सपना साकार

राह तनिक कठिन मंजिल दूर
दरिया खाई, अग्नि कुंड पूर
सवेरा कही दो पल........
आ जाती तभी सुर्यास्त कल-कल

छिन्न-भिन्न वक्त मैं खड़ा कहाँ
अंधर रात बिन पुर्णिमा चन्द्रमा
अमावस काली अंधेरी
मैं और मेरी कहानी........
मेरी जुबानी.......

चला वक्त के साथ, हुआ ग्यारह
जीवन को लेकर न नौ दो ग्यारह

गहराई तनिक-तनिक उतरता नीचें
लम्बाई वक्त के साथ, आगे खींचे

चल रहा हूँ मस्त मगन में
जीवन जीने की अलग है राय
चढ़ना है मुझे बहुत ऊँची चढ़ाई

अपने दम पर पाना है नाम
यही है मेरा ख्वाब पुरानी
मैं और मेरी कहानी
मेरी जुबानी........।

❀❀❀

कृष्ण कुणाल झा 'किशोर'

201

क्या कहूँ अपने बारे में

क्या कहूँ मैं अपने बारें में
क्या हुआ मेरे साथ
था चलने का सहारा वैशाखी
पर पकड़ने के लिए नहीं हाथ

हर कदम डगमगा कर
गिरकर, उठकर, संभलकर
चलता रहा हर मुश्किल सह कर
तस्वीर लिए 'उड़ान' मंजिल का
ढुंढता रहा दर बदर
क्या कहूँ मैं अपने बारें में
क्या हुआ मेरे साथ

पता नही हो क्या गया था मेरे साथ
हर कामयाब इंसान को सोचता
पंछी की तरह, मेरे सपनों में पंख लग जाता
धरती छोड़ आसमां में उड़ने लगता
उड़ान भरने की लत इस कद्र कि
न देखता मैं दिन और न रात
चलने लगता अकेले खुद के साथ
हर कामयाबी हो जैसे अपने हाथ
क्या कहुँ मैं अपने बारें में
क्या हुआ मेरे साथ

जिंदगी बन चुका था शायर
हर पहलू लगता था, हो जैसे गीत व गजल
सर पर साया था बस एक
खुद में छुपा उत्साह और लगन

अब जा खड़ा हो चूका था वहाँ
निकलता था रास्ता चार जहाँ
अब किधर जाऊँ समस्या बड़ा
तभी दिखा एक फरिश्ता
कहा चलो मेरे साथ

इसी तरह अपने मंजिल को पाया
इसी तरह हर 'उड़ान' को सराहा
क्या कहुँ मैं अपने बारें में
क्या हुआ मेरे साथ
था चलने का सहारा वैसाखी
परंतु, पकड़ने के लिए नहीं हाथ

❁❁❁

202

मैंने अपने छूटे सपने को पूरा किया

मैंने अपने छूटे सपने को पूरा किया।
फटे थिथरे किस्मत को फिर से सिया।
जमाने की सच्चाई के जहर को सतत् पिया।
तब जाकर अपने मंजिल को पाया।
मैं अपने छूटे सपना को पुरा किया।

जो चीज दूर से लगता था चमकीला।
जब रात को देखता था मनमोहक सपना।
जो लगता था होगा कभी न कभी अपना।
सुबह होते सूरज की रोशनी में हो जाता धुंधला।

दिया उस नास्तिक सपना को छोड़।
आगे बढ़ा अपने मंजिल की ओर।

कितनी जगह चोट खाकर गिरा संभला उठा।
फिर उठकर अपने लक्ष्य को ओर देखा और बढ़ा।
शाम हुआ, कहीं विश्राम के लिए ठहरा।
उसी समय आ गयी नींद भी गहरा।
नींद खुला, भोर हुआ फिर मैं आगे बढ़ा।
मैंने अपने छूटे सपनों को पुरा किया।

दिन के चमकीले रोशनी में, जो न देखना चाहा वह भी दिखा।
फिर मैंने गांधी जी के तीन बंदर याद किया।
जमाने से कुछ सही तो कुछ गलत भी सीखा।
अंततः मैंने अपने मंजिल को पाया।

इसी प्रकार मैंने अपने छुटे, टुटे सपने को पुरा किया।

❀❀❀

203

सागर से रत्न तक

गरजते बादल, कड़कती बिजली
बर्षात् घनघोर मुसलाधार
पर रह गया खाली मेरी अंजुली
है सर से उपर - नदी की धार

बहते-बहते बह चला सागर तक
इंतजार कब आएगा मेरा तट
हूँ में जलासय के सिंधु में
फिर भी व्यास है प्राणों में

आत्मतृप्ति हृदय से घटती नहीं
काल का चक्र दिखाई पड़ता नहीं
जीवन का कौन सा लम्हा जी रहा हूँ
तनिक भर भी ये आभाष अब होता नहीं

बहे जा रहा हूँ, होकर काल पर सवार
ऊपर से वर्षात् के साथ ओलो की मार
सर छुपाना, सोचना तो दूर,
अब सर बचने का भी नहीं है आसार।

जीवन गड़ता जा रहा इन दल-दल में।
पैर संग पूरा धर,
काँप रहा हूँ मैं थर-थर
जाने आगे क्या होगा, अगले पल में।

सिन्धु तट पकड़ना अब मेरा लक्ष्य नहीं
हौसलों से पार करना, अब मेरा कर्त्तव्य यही
जीना है अब मुझे, हर मुश्किल से लड़के
न की तट पर, खड़ा होकर
सागर को जीवन समर्पित करने से
बनता है लोग 'रत्न' मुश्किलों के साथ लड़ने से

❀❀❀